講談社文庫

幻想寝台車

堀川アサコ

JN179368

講談社

幻想寝台車　目次

幻想寝台車

第一章　多聞《たもん》、蘇利古《そりこ》村に行く

1

祖父母の二階、漆喰《しっくい》の白い壁に、硬貨か何かでひっかいた落書きがされていた。

——しんだいしゃよべ。

そこは祖父母の寝室で、ふすまを外して二間続きにしてあり、外孫《そとまご》たちが遊びに行くと寝かされる部屋でもあった。

「しんだいしゃよべ、だって」

小学一年生の多聞《たもん》は、七つ年上の兄と二人で落書きを読んだ。

「いつから、こんなの書いてあったっけ」

兄が問題提起した。

「さあ」

「だれが書いたんだろう」

「う〜ん」

祖父母がそんないたずら書きをするはずもないし、孫たちのだれかが書いたのだろうか。

「ケースケが居たら、訊《き》くんだけどな」

多聞は従兄《いとこ》のケースケと遊ぶのを楽しみにして来たのに、北海道の親戚の家に行ったという。まあ、お盆だから、そんなものだと、兄の一宇《いちう》がいった。一宇はいつだって、そんな調子だ。大人びて、達観して、じじむさい。

アブラゼミが、猛烈な声で鳴いていた。それがときおりやむと、キジバトの鳴くのが聞こえる。田舎の夏は町場《まちば》より濃い。

この濃い夏の中で一週間、多聞は一人でセミを採り、トンボを採り、アゲハチョウを採り、バッタを採り、スイカを食べ、ソーメンを食べ、夜ごとに花火をした。その間、一宇はせっせと夏休みの宿題をしていた。これじゃあ、家に居るのと少しも変わらない。

だけど、明日は帰るという日になって、一宇が宿題を全て終えて、チビ助の弟と遊んでやることにしたらしい。

これは、多聞にしてみれば、いささか有難《ありがた》迷惑なことだった。なにしろ、一宇は七つも年上の中学生だし、おとうさんみたいに大人びて、ヨーダみたいに達観して、おじいちゃんみたいにじじむさい。つまり、いっしょに遊んでも少しも面白くないのだ。おまけに、幼い弟のことを赤ちゃんみたいに扱うのにも、辟易《へきえき》する。そもそも、田舎の夏の過ごし方を知らない一宇は、まったくの足手まといなのである。

だから、夕飯まで昼寝でもしようと思って二階の祖父の寝室にあがってきた。今夜、村の花火大会があるから、途中で眠らないように昼寝をしておくのは、なかなか賢いことでもあった。

で、今日まで一週間も寝起きしていた部屋の壁に、変な落書きを見つけたというわけだ。

——しんだいしゃよべ。

見つけたのは、一宇だった。

「死んだ。医者呼べ」

兄の背中ごしに、たどたどしく声に出して読んだ多聞は、「はて?」と首を傾《かし》げた。

「これって、だれが死んだのさ？」

「わかんないな」

一宇は落書きの跡に顔を近づけてじっと見た。

「落書き自体、そんなに古いものじゃないと思う」

壁の傷跡は真新しかった。

兄は分別顔《ふんべつがお》で続ける。

「少なくとも十年以上、この家で亡くなった人は居ないはずだ。ここで、こんないたずら書きをするのはケースケくらいのものだけど――」

「ケースケ、おれよか二歳上だから、八歳だぜ。一年生のときに学校で字を習って、それで嬉しくて書いたんじゃないの？」

「ケースケがだれかが亡くなったなんて、書くはずはない。だって、ここではだれも死んでいないんだから」

「北海道の親戚のだれかが死んだとか？」

「だったら、なんで、わざわざこの家のおじいちゃんたちの部屋の壁に書くんだ？」

「だよな」

多聞は座布団《ざぶとん》を二つ折りにして、畳の上に寝転がった。兄がどうして、そんな落書きに熱くなるのかわからなかった。きっと、難しい推理小説なんか読んで、探偵の主人公にリスペクトしたとかなんだろう。

そんな兄はいつものようにまめまめしく、多聞の腹にタオルケットを掛けてくれる。ちょっと照れくさくなった。わざと寝返りをして、タオルケットをくしゃくしゃにしてしまう。

「死んだ医者、呼べ――ってことだったりして」

せっかく掛けてくれたタオルケットをくしゃくしゃにして気まずくなったから、多聞は兄の機嫌をとるように話を続けた。いってしまってから、『死んだ医者』なるものを想像してみた。ゾンビみたいに半分溶けた腐乱死体の医者が白衣を着て、聴診器を首から垂らして、腐った皮膚も垂らして、手で幽霊ポーズをとってよろよろ近付いて来る姿が頭に浮かんだ。
（ゲゲッ）
ちょっと怖くなる。兄のことも怖がらせたとしたら、悪いことをしてしまった。

しかし、真面目で現実家だからか、それとももう中学生だからか、一宇はゾンビの医者に恐怖することはなかったようだ。

「寝台車呼べってことじゃないのかな？」

一宇はテレビで観る名探偵みたいにあごに手をあてて、分別がましいことをいっている。

だけど、にいちゃん、それこそ現実的ではないじゃないか。

「寝台車って、呼んだって来るわけないじゃん。タクシーじゃないんだから」

「ふむ」

一宇は自分も座布団を二つ折りにして、多聞のとなりに寝転んだ。多聞がくしゃくしゃにしたタオルケットを広げて、二人の腹の上に等分に掛けた。

「今夜は花火だなあ」

そんなわかりきっていることを口にして、目をつむる。それっきり、行儀よく仰向けで『気を付け』の姿勢を保って、くうくう寝始めた。真面目な一宇は寝相《ねぞう》まで良いのだ。

規則正しい兄の寝息を聞きながら、多聞は兄のいった寝台車のことを想像した。

呼べばやって来る寝台車。

それに乗っているのは、きっとお化けだ。霊界のものを運ぶ寝台車なのだ。

乗ってしまったら、二度と帰れない霊の世界に連れて行かれてしまうのである。

いけない、いけない。ゆうべ観たテレビの心霊特番のことが頭に残っていたせいで、次からつぎへと怖いことを考えてしまう。そう思ううちにも、さっき食べたスイカが尿意をもよおさせる。

この家のトイレは、なんと、外便所であった。母屋と物置小屋の中間に、ぽつねんと木造の小屋が建っていて、そこがトイレなのだ。わざわざ玄関を出てトイレに行くなんて猛烈にめんどくさいし、汲《く》み取り式だからくさい。

おしっこを我慢しているうちに、目が醒《さ》めてくる。このままでは、昼寝にならない。

観念して階段を降り、外便所で用を足したころには、すっかり眠気が去っていた。

（にいちゃんが、余計な落書きなんか見つけるから）

二階にはもどらず、おじいちゃんにすすめられていっしょにメロンを食べた。おじいちゃんが畑で作ったメロンだ。すごくおいしかったので、一個をまるまる一人で食べてしまい、おじいちゃんを喜ばせた。でも、おばあちゃんに、おなかをこわしたらどうするといって叱られた。

そして、案《あん》の定《じょう》、多聞はおなかをこわしてしまった。夕飯前に下痢《げり》が始まって、あの不便でくさい外便所に通い詰めることになる。だから、肝心の花火大会には行けず、その夜は留守番をさせられた。楽しみにしていた花火大会だったから、本当にがっかりした。

「あんたが悪いのよ」

おかあさんが多聞にいい、同じことをおばあちゃんがおじいちゃんにいった。

『しんだいしゃよべ』の部屋に吊った真っ暗な蚊帳《かや》の中で、多聞はひとりぼっちで花火の音を聞いていた。やっぱり少しも眠くならなくて、『しんだいしゃよべ』の落書きのことばかり考えた。

あれを書いたのは、従兄のケースケなんかじゃなくて、恐怖の寝台車に乗って来ただれかのような気がした。ドン、ドン、ドン——。遠い花火の轟音《ごうおん》にまぎれて、それはやって来るのだ——。

そう思ったら、背筋がぞくぞく寒くなる。

タオルケットをかぶって、多聞はダンゴムシみたいに丸まった。そしたら、やばい、またトイレに行きたくなった。夜の外便所は、昼間の百倍行きたくない。なにせ、暗がりの屋外にあるのだから。闇の世界にひそむこの世のものではない恐ろしいものたちの中で、用を足さねばならないのだから。

その後も、怖い部屋と怖いトイレを何往復かして、ようやく眠った。死んだ医者が乗っている寝台車の夢を見た。

両親が交通事故で亡くなる四年前のことだ。

＊

祖父母は、多聞たちの両親の急死からほどなく、病気で二人とも亡くなった。

祖父母の家は空き家になって、それからどうなったものやら。『しんだいしゃよべ』のナゾは、解けずじまいで終わりそうだ。

（死んだら、じいちゃんに訊こうかな）

そんなことを考えながら、多聞はPTP包装から白い錠剤を次々に押し出しては、炭酸飲料で飲み下している。処方されたまま飲まずにためていた、精神安定剤と抗うつ剤と睡眠薬だ。

こんなもので死ねるのかという、疑問はあった。死ねないなりに、大騒ぎになると思うと小気味良かった。そうなったら、実紗《みさ》が自分にした仕打ちを後悔してくれるのではないか。仕打ちというのは、二人で暮らしていたこのアパートを、実紗が出ていったことだ。同棲しているというのに、最近では肩にさえ触らせてくれなかったことだ。

（ていうか）

こんなもので死ねるはずはないと、多聞は腹の底の底で高をくくっている。だれかが倒れている多聞を見つけて病院に担《かつ》ぎ込んでくれて、真っ先に駆けつけた実紗が、後悔の涙を流すのだ。あたしが悪かったと、本当は愛しているといって、泣き崩れるのだ。

そんな妄想は、打ち沈んだはずの多聞の気持ちの奥を、心地良くくすぐった。まぶたが重たくなって、錠剤を口に運ぶ動作が遅くなる。やがて、手がとまり、頭が垂れ、ペットボトルを倒してしまう。多聞自身も、トランプで作った塔みたいにぺしゃりとくずおれ、そこで意識が途絶えた。

気がつくと、多聞は見知らぬ田舎に居た。

＊

駅前広場に、観光バスが着いたところだった。はなづらのあるボンネットバスだ。白地に赤いラインの入ったドアから、続々と人が降りる。皆が二人連れだった。男女も居たし、男どうし、女どうし、老人、若者、子ども。中でも、片方が年配者というのが多かった。

多聞も、一番後ろから降り立った。

バックミラーが日差しを反射して、カッと光った。

セミの声が、空から覆いかぶさるように響く。

降り注ぐ陽光と暑熱。舗装されていない乾いた地面が光と熱で白く見えた。少し遠くには、陽炎《かげろう》が立っている。その陽炎の中に、たった今までいっしょにバスに乗っていた人たちが、足取りも軽く踏み込んで行く。例外なく二人連れの彼らは、例外なく楽しそうに談笑していた。

多聞だけが、だれにも連れられずに一人だ。

楽しげな皆は、駅前に並んだ土産物《みやげもの》屋や食堂、旅館に入って行く。

多聞はどうしていいのかわからず、バスから降りた場所に立ち尽くした。

「発車オーライ！」

さっきまで親しげだったバスガイドが、多聞には目もくれずに、威勢の良い声を上げる。

でも、さっきって、いつ？

バスから降りたばかりなのに、バスに乗っていた記憶がない。

居眠りをしていたからか？　どこからバスに乗った？　どこで料金を払った？　おぼえているのは、狭いアパートで自殺しようとしていたことだけだ。もとい、狂言自殺をしようとしていたことだけだ。

バスはがたがたと音を立ててドアを閉ざし、大きく駐車場を回り込むと、のんびりした速度でどこかへ去ってしまった。

すでに、駅前広場には多聞のほかにはだれも居ない。

駅舎に向かおうとしたが、結局はやめた。ここがどこなのかわからない以上、この先にも後にも、知った場所があるとは思えない。ジーンズのポケットをまさぐった。財布とスマホが、左と右の尻ポケットにそれぞれ入っていた。スマホは通話圏外だった。

途方に暮れた。

改めて顔を上げ、景色を見渡す。

バスの乗客たちが楽しげに入って行った店や旅館の先には、まばらな家並があった。家並の奥に立派な寺が建っている。

その先に、傾斜の急な小山があって、岩肌があらわになった崖《がけ》と深い緑が、覆いかぶさるように佇立《ちょりつ》していた。崖には、御堂《みどう》や摩崖仏《まがいぶつ》が点在している。てっぺんにも寺があった。

「…………」

くらくらするような遠景から、あわてて視点をもどす。

広場の先に朱色の橋があったので、とりあえずそこまで行ってみることにした。

――ようこそ、蘇利古《そりこ》村へ！　ようこそ浄土山天文寺《じょうどさんてんもんじ》！

黒と赤のペンキで書いた、トタン製の立て看板があった。角のところが、さびている。ようこそ云々のかたわらに、和装の女が描かれていた。ものすごく稚拙《ちせつ》な絵だ。長い髪を真ん中分けにして、白い着物を着て、ひたいに三角の布を着けている。ひたい烏帽子《えぼし》という、死んだ人に着ける三角のアレだ。つまり、これは幽霊の絵か？　なんだって、こんなものを描く？　悪趣味にもほどがある。

「蘇利古村……天文寺」

村も寺も、そんなの知らない。わざわざ観光バスに乗って、こんなところに来るいわれもなければ、来るはずも覚えもない。

（これは、夢だ）

多聞は、一番納得する結論を出した。

自殺しようとして危ない薬を飲み過ぎて、意識を失くして夢を見ているのにちがいない。

そうと決まれば、この未知の村へと踏み出してみるのもやぶさかではない。……というか、トイレに行きたかった。夢の中というのは、用を足してもすぐにまたトイレに行きたくなるものだが、とりあえずこの欲求を解決しなくてはならない。

暑い風に吹かれながら、多聞はほかの乗客たちの後を追って、陽炎の中へ踏み出した。

汗が頬を伝う。Tシャツを着た背中にも伝う。

こんな暑い夢を見るなんて、エアコンのスイッチを切っていたのだろうか？　だとしたら馬鹿だなと思いつつも、これから死のうとする人間が、部屋を涼しくする必要もあるまいと思い直した。いや、本当は死ぬ気なんてないんだけどね。だったら、ちょっとマズイのでは？　薬で意識を失くしているうちに、熱中症で死んでしまったら困るんだけど。

（そういえば、腹も減った）

最初に目に付いた土産物屋で手洗いを借りた。『たいら屋』という、江戸時代みたいな古めかしい看板を戴いた店だ。女将《おかみ》らしい人に声を掛ける。開襟《かいきん》シャツに絣《かすり》のもんぺをはいて、割烹着《かっぽうぎ》姿のぽっちゃりしたおばちゃんだった。もんぺというのが、看板に劣らず古風だが、きっと流行《はや》りのスローライフ的なファッションなのだろう。パーマを当てた髪に、日本手ぬぐいで姐《あね》さんかぶりをしているのも、いかにも丁寧な暮らしを提案していそうなスタイルだ。

「あの——申し訳ありません。お手洗いをお借りしたいんですけど」

「ああ、いらっしゃい。店の奥にあるから、使って下さいな」

暖簾《のれん》の奥に薄暗い洗面台と、その奥に大小の便所がならんでいた。個室のとなりにある小便所はドアがなくて、小便器には蛍光グリーンの丸いトイレボールが一つ入っていた。お約束だけど、そのトイレボールめがけておしっこを放った。薬を飲む前に緑茶のペットボトルも一本空けていたし、膀胱《ぼうこう》は満タンになっていた。夢にしては、残尿感がなく実にすっきりした。

（でも夢だから）

現実に部屋で倒れている多聞は、まだ尿意を抱えたままで意識を失くしているのだ。見つかった時におしっこをもらしていたら、すっごい恥である。もしも彼を発見するのが実紗だったりしたら——おしっこまみれのところなんか見られたら、百年の恋も一時に冷めてしまうのではないか。いや、そもそも、ほとんど覚めてしまった恋の炎を、再燃させるために体を張ったのだ。その恋の炎におしっこを掛けて消してしまったら、まったく意味がない。

（まったく——薬を飲む前に、おしっこしとけばよかったよ）

くよくよしながら手を洗い、Tシャツの裾《すそ》で拭きながらトイレを出た。

ぽっちゃりした女将が、こちらをまじまじ見ている。ハンカチを持っていないのを呆《あき》れているのか。だったら、洗面所にタオルを掛けておいてくれてもいいじゃないか。

「お客さん、おひとり？」

女将が意外そうにしていたのは、多聞の行儀が悪いからではなく、彼に連れが居ないせいだった。観光バスのほかのお客たちのように、二人一組でないのが不思議らしい。それがなぜなのかは、多聞にはさっぱりわからない。

「ええと――」

女将に訊き返すことはせずに、店の中を眺め渡した。

土産物屋のとなりは、籐《とう》のついたて二枚で区切られて、食堂になっていた。

多聞は尻ポケットの財布にもう一度手で触れて確認してから、食堂の椅子に座った。直射日光が入らないせいか、店の中はやけに涼しい。それで、唐突に温かいうどんが食べたくなった。店の奥から出汁《だし》の香りがしていたのも、胃袋のスイッチを刺激した。

「たぬきうどんをください」

「はい。たぬきうどん一丁ね」

土産物屋で売っているダルマや、寺をデザインしたペナントや、こけしや、貝殻の風鈴やらが、食堂の空間をも侵食していた。テレビはなくて、重ねたカラーボックスにひと昔前の漫画本が並んでいた。扇風機が風鈴を鳴らす。多聞は漫画本を読み始めた。高校を舞台にしたアクション劇画で、熱い絵柄とストーリーにはまった。

「おまちどおさま」

てんかすがたっぷり載った大きな丼が、目の前におかれた。湯気が立って、出汁の香りが鼻から全身にしみわたる。割りばしを割ってから、丼を抱えて汁を飲んだ。死ぬほど美味《うま》かった――と思ってみて、実際にアパートで死にかけている現実の自分の姿が胸に浮かんだ。面白い漫画を読んで美味いものを食べている夢の中の自分としては、甘ったれで死にかけの自分に一喝してやりたい気持ちになった。馬鹿やってんじゃねーよ、多聞。

「ごゆっくり」

女将が、番茶をかたわらに置いて土産物屋の方に行ってしまう。

熱いうどんをふうふういいながら食べていたら、だしぬけに目の前に人の気配を感じた。

女将が七味でも持って来てくれたのかと思って顔を上げたのだが、まったくちがう、礼服の老紳士と、三十歳くらいの男が居た。若い方が、極めてガタイが良かったせいもあり、なんだか剣呑《けんのん》な雰囲気を醸《かも》し出している。二人は顔立ちがよく似ていて、年の具合から見て親子のようだった。

多聞は、割りばしで持ち上げていたうどんを、ずるりと落とした。突然のことに驚いたのである。老紳士は、そんな多聞を見下ろしながらいった。

「わたしは、蘇利古村の村長、四方貢《よもみつぐ》と申します。これは、せがれの隆《たかし》です」

「は、はあ」

多聞は返事ともつかぬ返事をする。早く食べなくてはうどんが冷めるではないかと、ちょっといらついた。

村長は礼服の胸ポケットから、手帳と老眼鏡を取り出す。

「失礼ですが、篠原《しのはら》多聞さんですな」

「え、ええ」

多聞は箸《はし》を持った格好のまま、驚き、うろたえ、フリーズした。このどことも知れないけったいな名前の村の村長が、自分の名前を知っているのは理屈に合わない。

（いや、これは夢だから）

夢なら、何でもありだ。ボンネットバスで変な村に来たことも。変な村長に名前を知られていることも。

「伸作《しんさく》は、どうしましたかな?」

「シン、サク?」

かえすがえすも、夢なら、何でもありだ。変な村長に、聞いたこともないヤツのことを訊かれるのも。

多聞は村長たちを無視して、食事を続けようとした。

そのとたん、ガタイの良い息子の方が、乱暴に多聞の腕を持って引きずりあげた。おかげで、うどんはツルツルツルリと箸からすべって、ビニールのテーブルクロスの上に落ちる。

「なっ……!」

多聞は偉丈夫《いじょうぶ》の隆によって無理にテーブルから引きはがされ、陽光さんざめく外へと連れ出される。

「ちょちょちょっと? まだ食べてるんですよ! お会計まだなんですけど!」

村長親子は多聞の抗議になど耳も貸さず、停《と》めていたRV車の後部シートに押し込んだ。

（何これ、誘拐？　冗談でしょ？　夢だからって、何それ）

夢だ、夢だと、そのことにすがり付くように繰り返す多聞だが、夢ではお約束の尿意の復活がないことに、まだ気付いていなかった。何といっても、怖かったし、わけがわからなかった。くわえて、美味いたぬきうどんへの執着もひととおりではない。すがりつくように、リアウインドウから遠ざかるたいら屋を見返った。うどんを食い逃げされたのに、女将がこちらに向かって深々とお辞儀をしていた。

2

多聞が連れて行かれたのは、ものすごいお屋敷だった。

町場なら街区まるごともあるような敷地に、堅牢《けんろう》ななまこ塀《べい》がぐるりとめぐらされている。

お城のような門を抜け、クルマは長い前庭をとおって玄関の前で止まった。扉は開け放たれていて、山水画のついたてが正面におかれていた。時代劇のごとし、である。

多聞は罪人のように肩をわしづかみにされて、高いかまちにあがった。まったくバリアフリーではない、高齢者に優しくないあがりがまちである。もちろん、村長は平然と靴《くつ》をぬいで上がり込み、多聞たちの先に立って、長い長い、とても長い廊下を大股に進んだ。ふすまと障子にしきられた部屋また部屋、廊下の片側は松やカエデ、ツツジやナナカマド、サルスベリが形よく植わった広大な庭だ。

ここもまたセミの声が音の幕のように張り巡らされ、ときたま風鈴が鳴って、ここ ろなしか一筋、また一筋と涼風が吹いているように感じられた。サルスベリの赤が、しみるように鮮やかである。

迷路のような廊下を進む途中で、家人とおぼしき人や、使用人とおぼしき人たちと、何人もすれちがった。茶髪にバラ色のキャミソールを着た若い女、麻の着物を着たおしとやかな感じの女、背中の曲がった小柄な老婆、三つ編みでエプロンをした若い女、作業服を着た男――などなどなど。

たどり着いたのは、鳳凰《ほうおう》と龍の彫刻を施《ほどこ》した厚い欄間《らんま》があり、床の間に掛け軸を飾った十畳間だった。香炉《こうろ》から、シャネルの五番に似た香りが立ち上っていた。村長は上座に座り、隆は放り出すようにして多聞を座らせた。それを見計らっていたように、さっきすれちがった三つ編みの女がお茶を運んで来た。

「どうも、おいでなさいませ」

「三津《みつ》さん、あんたはいいよ。あっちに行ってなさい」

「はい、はい」

村長に追い払われて、三津という人はお盆を座敷の入り口に置いて立ち去った。ちらりと三津の目が上がって、多聞を見る。心なしか、珍獣でも見るような目をされた気がする。

隆が、三津の置いて行ったお盆から、お茶を三人の前に配った。冷たい煎茶だ。茶碗の底に少しだけ入ったその液体は、とてつもなく美味かった。

「おたくさん、伸作をどうしなさったね?」

村長は、多聞の目を覗《のぞ》き込んでそう訊いた。

またもや、伸作だ。それは、だれなのだ? ぼくと何の関係があるのだ?

「し――伸作なんて人、知りませんよ!」

多聞が断固として撥《は》ねつけると、村長と隆は思案げに顔を見合わせた。

「どうやら、芝居をしているわけでもないらしい。伸作の方に落ち度があったのか」

当たり前だ。知らない村で知らない村長に向かって、何の芝居をするというのだ。そもそも、その伸作というのはだれだ。何の権利があって、食事の邪魔をしたのだ。何の権利があって、こんな拉致《らち》みたいなことをするのだ。そもそも、ここはどこなのだ。村長だからって、あまりにも家が大きすぎないか。いや、蘇利古村って日本のどこにあるのだ。いや、全部どうでもいいから、早くこの夢から覚めたい。

「悪かったね。おたくさんの名前は――」

村長は再び手帳を開く。

「篠原多聞さん。良い名前だ。良い名前なのに、もったいない」

その言葉の響きがどことなく不吉だったので、多聞は思わず訊き返した。

「もったいない？」

「死んでしまって、もったいない」

瞬間、セミの鳴き声がやんだ。

多聞は目と口を大きく開き、村長を見て、隆を見た。そして初めて、さっきから尿意がもどってこないことに気が付いた。自分の部屋から、この見知らぬ土地に降ってわいたことの不思議さに思いを巡らせた。

これは夢ではない。死後の世界だ。あの薬の爆飲みで死ねちゃったのだ。

「そんな――いやだ――まさか――」

多聞の愕然《がくぜん》としたうめきは、廊下をやって来る高い足音にかき消された。

黒い革の鞄《かばん》をさげた、白衣の中年男が、遠慮もなしに座敷に踏み込んで来る。医者のように見えた。医者は、その足音以上に遠慮なしに多聞のTシャツをめくりあげると、胸に聴診器を当てた。

医者は聴診器から手を離し、渋面で眼鏡を直した。業病《ごうびょう》でも宣告するみたいな深刻な顔で、村長の方をはったと見る。

「まずいよ、村長。この人、生きてるよ」

生きてる！

やった！

だよな。あれしきの薬で死ぬとかって、ないよな。

ほくほくと小さくガッツポーズをする多聞をよそに、三人の男たちはひざをつき合わせてこそこそ話を始めた。

「無理にもお山に連れて行って、押し込めてしまったら……」

「黙っていりゃあ、閻魔《えんま》庁も気付くまい」

「しかし、生きているのを無理やりなんて、そんなむごいことを」

無理やり、押し込める？

むごいこと？

ここは夢の中ならぬ、死後の世界らしい。多聞は死んでもいないのに、死後の世界に来てしまったらしい。だから、無理やり、むごく押し込められてしまう。

いやだ！

多聞は猛然と立ち上がると、座敷を飛び出し、迷路の廊下に向かってダッシュした。

磨き込まれた廊下は黒光りして、つるつる滑った。

どこもかしこも同じ障子と、同じ廊下が続いている。幽霊の影なんかが映りそうな障子と、暗がりの中に怪物がうずくまっていそうな廊下だ。それも、まったく空想とばかりはいえまい。なんたって、死後の世界の死後の村、それを支配する村長の屋敷なのだから。

多聞は玄関にたどりつくことをあきらめて――すなわち、靴をはくことをあきらめて、縁側から庭へと躍《おど》り出た。変に冷たい苔《こけ》の生えた地面を踏んで、蔵の方へと駆けて行ったら、さっきのお手伝いの三津と鉢合わせしてしまった。

「うわあ」

二人は同時に悲鳴を上げ、そして同時に反対方向に尻餅をついた。三津の二本の三つ編みが、縄のように顔のわきで跳ねた。

「ごめんなさい！」

多聞が反射的に謝ると、三津はにやにやして多聞の顔を覗き込んだ。

「あんたが、怪しいお客さんかね？　どこに行くのかね？」

「ここは……なんなんなん……なんなんですか？」

「ここは蘇利古村だよ」

それは看板にも書いてあった。だから、その蘇利古村とは、何なのだ。

「死んだ人が来る村だよ」

やっぱり……。

「ってことは、あなたも亡くなった人なんですか？」

「そんなことねえよ。オレたちは死神だもん。ここは死神の村だもん」

「しにが……！」

もう、何もかもの限界だった。夢を見ていると思っていたものが、生きたまま死後の世界に来て、しかもそれが死神の村で、多聞は生きたままどこやらに押し込められようとしている。こんな底のない恐怖、一瞬たりとも耐えられない。

多聞はさっき以上にやみくもに走り出す。

「これ、あんた、逃げても無駄だよ。村の外は――」

村の外はおっかねえよ。

そういった三津の声が、やけに耳の中に響いた。

だけど、多聞はひたすら逃げた。なまこ塀に沿ってぐるぐると疾走し、とうとう裏門を見つける。長方形に切り取られた光の中へ、多聞は裸足《はだし》で飛び出した。

通りに出て、田舎家の並ぶ住宅地を抜け、畑の緑の中に飛び込む。刺すほどの陽光が、トマトやキュウリやナスやトウモロコシを輝かせ、多聞にはめまいをもよおさせる。熱風の中を、トンボが飛んでいた。

やがて畑地が終わると川に突き当たる。

——気をつけろ、河童《かっぱ》が子どもをねらってる。

物騒な標語を書いた立て看板が、橋の欄干に括《くく》りつけられていた。

橋を渡れば、だだっ広い野原が続いている。背の高いイネ科の雑草が、海のようにいっせいに揺らいでいた。もはや道はないが、多聞はその緑色の波の中に飛び込んだ。足の裏が痛い。腕に、首に絡みつく草が気持ち悪い。その草地をも抜けると、辺りは急に暗くなった。林が広がっているのだ。セミの声が、いよいよ大きくなった。その声に人の阿鼻叫喚《あびきようかん》が混ざっているような気がした瞬間、多聞の眼前にだしぬけに真っ赤な風景が現れた。

大気は何割か増しで暑さを増した。

でも、暑さとか、そういうことをいっている場合じゃない光景が広がっている。

振り回される巨大な刃物と、沸騰する大鍋。大地が赤いのは、人間の流す血で染まっているからだ。

そこは、地獄だった。

地獄のような、という比喩ではない。地獄そのものなのだ。

牛の顔と馬の顔を持つ半裸の鬼たちが、剣呑な責め具で人間たちを切り苛《さいな》んでいた。

そこに居る無数の人たちは、刻まれ、焼かれ、水に沈められ、釘バットみたいなもの——金棒というヤツでぶっ叩かれていた。針の山に泣き、血の池で溺《おぼ》れ、釜で茹《ゆ》でられ、舌を抜かれていた。

「だれじゃあああ」

馬の顔を持つ鬼が、雷鳴のような声でいなないた。

「捕まえろ——殺して、殺して、殺して、殺せ！　どうせ死なない死人じゃ」

「殺して食らえ。美味しくいただけ」

牛の声で吠えて、牛鬼、馬鬼たちが、多聞めがけて突進してくる。美味しくいただかれるなんて、とんでもない。多聞は死人ではないのだ。生身の人間なのだ。地獄に落ちて亡者の責め苦など受けたら、本当に死んでしまう。

多聞は逃げた。

その一歩を踏み出したとたん、足の裏を突きさす激痛に飛び上がる。

赤い地面は一面が針の山になっていて、一歩ごとにざくざくと突き刺さるのである。

それが終わったかと思えば、焼けた石の大地に変わる。その果てにあるのは、生臭い臭気をあげる血の池だ。

多聞はそれでも逃げた。

長い爪を生やした鬼の手が、幾本も伸びて多聞を捕まえようとする。

地獄は、どこまでも続いていた。彼方では、血の色の溶岩を噴き出す山が連なっている。空はただ暗黒で、溶岩の赤い光が残酷なだけの風景を照らしているのだ。

足元には、ばらばらにされたり、煮たり焼かれたりした人間たちが転がって、しかし死ぬことができずに悲鳴を上げていた。

ああ……。

強烈な後悔が多聞の胸を満たす。

自殺の真似事《まねごと》なんかするんじゃなかった。

どんなバイトだって、どんなブラック会社だって、どんな失恋だって、ここと比べたらずっとマシだ。

(助けて、神さま！　これって、ひどすぎませんか？　地獄でも法律を制定するべきだ。人権を守るべきだ！)

どこをどう走りまわったのか、走り出した最初の地点にもどって来ていた。

「逃がすな！」

という鬼たちの怒号に混じって、聞き覚えのある声が、声を嗄《か》らして叫んでいる。

「早く、早く！」「急いで！」「もう少しだ！」「捕まるな！」

地獄との境界である林の中から、村長と隆が叫んでいる。たいら屋の女将さんや、医者や、三津も居る。さっきまで最大の恐怖の対象だった人たちが、文字通り地獄で仏って感じに見えた。

多聞は走りに走り、このときになって、ようやく息が切れていないことに気付く。

それが油断になったのか、伸びて来た赤い手と青い手が、多聞の腕と胴をつかむ——瞬間、林の境界から身を乗り出した隆が、多聞の胸倉をつかんで引っ張った。

スカッ！

鬼たちの手は空を切り、多聞は蘇利古村の人たち——死神たちに、林の中に助け上げられる。

ああ……。

まるで火を吐くようなため息が、多聞の口から漏れた。

「あの……」

一番若くて可愛い三津に向かって顔をもたげ、手をもたげ、何かいおうとした瞬間に気絶した。

3

気が付くと、村長の家に居た。

さきほどよりもシンプルな六畳間に布団が敷かれて、多聞はその上でのびていた。

枕辺には村長が、足元には医者が居る。落語の『死神』を思い出した。

(あれは、確か……)

足元に死神が居れば、命は助かる。枕元に居たら、アウトだ。

今このたびは、両方に居る。足元に居る医者の死神は、針の山を走って傷ついた多聞の足にヨードチンキを塗っていた。これが、しみるったらない。

「痛て、痛て、痛て、痛てててて」

体を弓なりにして悶《もだ》え苦しむ多聞を、村長は分別顔で見下ろしていた。

「三津が教えたそうだね。まあ、そういうことだから」

「そういうこと？」

ここが死神の村だといわれたのを忘れたわけではないが、ショックの連続で頭がぼんやりしていたから、ぼんやりと訊き返した。

「ここは太古のむかしから、死神が暮らす村だ。蘇利古村という名で呼ばれているのは、平安時代頃からだ」

「蘇利古村と、だれに呼ばれているんですか？」

順当な突っ込みである。死神の村なんて仰天情報を、世の人々が知っていたら、放っておくはずがない。ニュースにドキュメンタリーに旅番組に、マスコミやタレントがわんさと押し寄せ、たちまち世界中の話題になるはず。しかし、現実にはだれも死神の住む村のことなんか知らない。ゆえに、だれもここを蘇利古村と呼ぶ人間はいない。そもそも、だれもここを知らない。

「人が死ねば、その人の担当の死神が教えるのだよ。われわれは、あんたたちの世界で死んだ人を、お山に連れて行くのが仕事だ。あの世に通じる場所は、あんたたちの世界にもぽつりぽつりとある。いわば、セルフサービスで成仏《じょうぶつ》してもらうのだな。しかし、蘇利古村では、担当死神がマンツーマンでサポートしているのだ」

セルフサービスだとかマンツーマンだとかサポートだとか、こういう場合に使うような言葉か？

「ところが、あんたはまだ死人ではないのに、この蘇利古村に来てしまった。あんたの担当だった伸作は、どこにも居ない」

「その伸作って人も、死神なんですか？」

そんな人間（いや、死神）、見たことも聞いたこともない。多聞は、向精神薬を爆飲みした自宅アパートから、直接ここに来たらしい。ボンネットバスの中のことは覚えていないが、伸作なる死神のことも全く知らない。

「そのとおり。伸作はこの村の者、すなわち死神だ」

「ぼくは、死ぬはずだったのですか？」

身から出た錆《さび》とはいえ、まだ死にたくない。担当の死神が居たなんて、背筋が寒くなるような話だ。しかし、今、足元で多聞の怪我《けが》にヨードチンキを塗っている医者は、彼が生きていると明言した。だからなのか、その伸作という死神が、どんなヤツでどこにいて、どうやったら連絡が付くのか、まったくもってわからない。死神たちの事情なんて、知ったこっちゃないったらありゃしないのだ。

「ぼく、死んでいないなら、元の世界にもどしてくれますよね？」

なんというか、間が抜けている質問だった。当然「いいよ」といわれる気でいた。

なのに、村長は渋い顔をした。

「そうはいかん」

チリンと風鈴が鳴り、突然の夕立が屋根を叩きだす。

「どうして！」

多聞がガバリと起き上がったので、ヨードチンキをこぼした医者が「こら！」と怒鳴った。

村長はひざをくずし、あぐらをかいて座り直す。

「今のあんたは魂《たましい》なのだ。魂だけのあんたを現世に帰しても、浮遊霊になってやがて消滅するだけだ。それに、蘇利古村への道は、基本的に一方通行だからね。帰したくても、簡単には帰せないのだよ」

「そんなことといっている場合ですか？」

多聞はキレた。わからないことだらけで、たまりにたまったフラストレーションが、のど元を超えてしまったのだ。

「ぼくがここに連れて来てって頼んだわけじゃないんですよ！　元にもどしてください！　元に帰せないなんて、無責任じゃないですか？」

「そういわれても」

村長は困ったように、ひたいを掻いた。実は弱っているらしい。多聞はキレた者勝ちだと判断して、さらに声を荒らげる。

「こんなド田舎に、いつまでも閉じ込められるなんて、まっぴらだ！」

「それは、当然だよ。いつまでも、ここには置いておけないよ。ここは死神の村なんだから、人間の生霊《いきりょう》がいつまでもとどまることはできない」

村長のいいように不吉なものを感じ、多聞の意気は急速にしぼんだ。

「ど——どういうことですか？」

村長は多聞から目を逸らし、いかにもいいづらそうにした。

「生きているのに、お山に連れて行くわけにもいかないのだよ。だから、気の毒だが、もう一度改めて地獄の方に——」

「はあああああ？」

地獄って、さっき見た獣の顔の鬼たちが、もう死ぬことのない人間たちを無限ループで拷問しているあの地獄へ行けというのか。この人は鬼か？　いや、鬼は地獄に居て、この人は死神で……。

「なんていう悪夢だ！　早く覚めてくれ！　自殺の真似をしたことは謝るから！」

多聞が声を嗄らして叫ぶと、村長は「やれ、やれ」というようにかぶりを振った。

足元に居た医者が、呆れたような声を出す。

「四方村長、あんまりもったいぶりなさんな。いくら肉体がないからといって、そんなことばかり聞かされたのでは、この御仁の心臓に悪いぞ」

「いや、話には順番というものが」

村長はしかつめ顔でいう。

多聞は医者と村長の顔を急いで見比べて、嚙みつくように訊いた。

「何ですか？　良い話でもあるんですか？」

「実は、たった一人、何とかしてくれそうな者が居るのだよ」

「だれです？　会わせてください。ぼく、その人に会います！」

「しかし、ここには居ないのだ。人の住む次元の——東京に居るのだ」

「じゃあ、連絡を——ていうか、この際だから来てもらうとか？」

「呼びもどすことはできん。連絡がつかない。その意味では、伸作と同じだな。伸作はまだ新米だから、このたびの事故にも対応できまい」

「仲作さんのことは、この際いいから！」

多聞はいらいらして声が高くなる。

「うむ。東京に居るのは、歴代随一の死神だ。頼るとしたら、あの者以外にない」

「名前は、何ていうんですか？」

「ジョカ」

女媧というのは、中国の神の名だ。多聞の好きなインターネットゲームにも登場する。人の顔を持つ蛇で、泥で人間を作ったり、この世の補修工事をしたりと、スケールの大きな神なのだ。死神の次は、中国の神さまか。地球を直すほどの神を味方につけたら、怖いものなしだ。

そう思って目を輝かせる多聞に、村長は「ちがうから」といった。

「ヨーロッパにはマリアという名の女性が多いが、聖母マリアその人ではない。ジョカもそうだよ。ただの死神だ。ちょっとばかり、やり手で頼りになるヤツだが」

初手からジョカのことは話すつもりだったらしく、村長はポケットから写真を取り出して見せた。高校生くらいの男女数名が写ったスナップ写真で、全員の平和そうな面構えに、多聞は失望を禁じえなかった。ただ、写真全体に、大小のオーブが飛んでいる。

「真ん中の少女が、岩佐《いわさ》ジョカだ」

「え、普通に苗字があるんですか？」

ますますがっかりした。漆黒のケープをまとい、透け感のある黒いベールで目だけを出した美人とかだと、頼りがいがあるというものだが。

「これは十年前の写真だから、今は二十七歳くらいかな。あいにくと、新しい写真がないんだよ。本人がここから出奔《しゅっぽん》したときに、処分してしまったんだ」

「出奔――」

大時代な言葉が出て来た。今流にいえば、家出ということか？　それとも、夜逃げ？

どうやらジョカに頼るというのも一筋縄ではいかないらしいと察して、多聞は写真を覗き込んだ。村長が指さした少女は、市松人形のように髪を伸ばした美しい娘で、ほかの仲間たちより大人びていた。

「ところで、だけどね」

ここからが肝心なのだといって、村長は居住まいをただす。

蘇利古村は、多聞たちが居た現実世界――現世とは、まったくの別次元に存在するという。いわば、パラレルワールドの中の、異なった世界だ。その蘇利古村からジョカの居る東京に行くには、特別な乗り物に乗らなければならないのだとか。

「ひとだまに乗れば、東京に行けるのだが」

「えええ、ひとだまに乗るんですか？」

多聞は仰天してしまった。

それを見て、村長は慌てて笑い出す。

「寝台特急ひとだま、だよ。こちらの世界と、あちらの世界を結んでいるんだ。東京には、博物館動物園駅《はくぶつかんどうぶつえん》に停まるはずだ」

「そんな駅……聞いたことありません」

「ああ、廃駅だから知るまいよ。上野公園の中にあった京成電鉄本線の駅で、平成十六年に廃止になっている。ひとだまの停車駅は、廃駅ばかりなのだよ」

「そ……そうなんですか」

寝台特急ひとだまとは、名前からして思いきり怪しいが、廃駅をたどって走るなど、まさしく幽霊列車だ。そう思って多聞は気持ちが暗くなった。

「ひとだまが次に蘇利古駅に来るのは、ちょうどお盆だね。八月十三日だ」

「でも、そのジョカという人を、どうやって捜《さが》したらいいんでしょう？」

多聞が暗い顔でいうが、村長はなんでもないことのようにうなずいた。

「それについては、何とかなるかもしれん」

何とかとは、どういうことか、そのときは説明されなかった。くわえて、村長はますます心細くなることをいいだした。

「われわれは、簡単によその死神の領分に乗り込んではいけないのだよ。だから、あんたが自己責任で、ジョカを捜して連れて来てほしい」

「自己責任って――」

多聞は絶句した。

十年前の写真と岩佐ジョカという名前だけを頼りに、千三百万人居る人間の中から自己責任で捜し出せというのか。ひどい。むごい。ありえない。この村長はある意味、獣の頭を持つ地獄の鬼よりひどいことをいっていないか？

「ぼくは、頼んでここに来たわけじゃないんですよ！」

多聞は再びキレた。

「頼んだのか、頼んでいないのかなど、わたしは知らん」

村長は居直った。

村長にへそを曲げられたら、多聞は地獄に送られるばかりである。結局はヘタレな態度で、村長の機嫌を取るよりないのであった。

「でも、ちょっと待ってください！」

突然にひらめいて、多聞は高い声を出した。

「そのひとだまで東京まで行くでしょう。その後で、新幹線に乗り換えてぼくの住む街まで戻ればいいじゃないですか。そしたら、わざわざジョカさんって人を捜さなくても、ぼくは家に帰れるわけで――」

「帰ってどうするのかね？」

浮かれる多聞に、村長は冷たく問う。

「え？」

「あんたは帰っても、幽霊のままだよ。まさか、自力で抜けた体にまた戻れるとでも、思っているのかね？」

「戻れないんだ……？」

多聞は肩を落とした。下手《へた》に希望を持った分、落胆も大きい。

4

寝台特急ひとだまが到着する八月十三日までの十日間、多聞は村長の屋敷に逗留《とうりゅう》した。

部屋数は蘇利古村のどの旅館よりも多いのだから、それくらいいいだろうと、多聞は遠慮しなかった。三津の作る食事は大変に美味で、これを家族でひとりじめなんてズルイぞとも、いった。どっちも、褒《ほ》め言葉として受け取られたようだ。

ほかにすることもなく、朝起きてから夕餉《ゆうげ》時まで、村を見て回った。蘇利古村の人たちは死神の仕事のほかにも実に勤勉で、農作業をしたり茅葺《かやぶき》の屋根を葺《ふ》いたり、山林の手入れに行ったり、寺の建物を修理したりと、まことによく働く。

客分とはいうものの、一日ぶらぶらしている多聞は、なんだかきまりが悪かった。さりとて、屋根葺きを手伝おうとして大失敗し、農作業を手伝おうとしてトマトを入れた箱を倒し、山林の下草を刈ろうとして自分の足をちょん切りかけた後は、何をしようといっても丁重にお断りされた。

村人は全員が死神だけど、いたって善良で、親切だった。ちょっと歩けば、すぐにおじさんやおばさんに引き留められて、お遍路さんのようにお接待される。村のスイカは甘く、メロンも桃も甘く、素麺《そうめん》はつるつるして、青汁スムージーは青臭い。回覧板で多聞のことはすぐに周知され、このよそものに「美味い」といわせようと、本当にたくさんの人が美味しいものをふるまってくれるのだ。

蘇利古村は山や畑地は別だけど、集落自体はとてもせまい。周囲が五キロ少ししかないというから、皇居と同じくらいだ。村の人たちは農業や林業や狩猟や古民家のメンテナンスで忙しいが、本業は死神だ。

彼らは現世で亡くなった人を、あのボンネットバスに乗せて導いて来る。多聞が来たとき、彼を除く皆が二人連れだったのは、そういうわけだ。二人のうちの片方は亡者、もう片方は蘇利古村の死神だったのだ。

村の人は、亡者を村でもてなした後、お山のてっぺんに連れて行く。そこがあの世との境界になっていて、亡き人はお山から極楽へと旅立つ。人によっては、蘇利古村をぐるりと囲む地獄の方に直行することもある。まさに、極楽と地獄。

多聞も迷い込んだあの地獄は、実は別次元にある。しかし、直結していると便利だということで、地続き風になっている。

「地続き風？」

多聞の疑問に、三津が答えてくれた。

「本当はかなり遠く離れてるんだよ。三光年くらい。だけど、渡り廊下みたいな感じでつながってるんだよね。境界を超えた瞬間、ワープするっつーのかな？」

「ぼくは、このあいだ、三光年をワープしたんですか？」

多聞が目を丸くしたけど、三津はへらへら笑う。

「大したことじゃねえよ。ほら、堕天使《だてんし》のルシファーなんか、地球から宇宙の果てのさらに三倍も遠い場所に追放されたっていうでねえの？　それでも、現世にもどって来て、ちょいちょい人間にちょっかい出してるもんな」

そんな大きなことをいうわりには、ここの人たちはおいそれと東京へも行けないという。

「亡くなった人が行くお山って、どういうところなんですか？　やっぱり、地獄みたいに怖いんでしょうか？」

「お山は、いいところだよ。オレたちも小学校の遠足では毎年必ず行ったし、縁日になると夜店も出るしなあ。お山から見た景色が、また良いんだわ、これが」

三津といっしょに、お山に登ってみることにした。

蘇利古村に着いた日、村長たちが多聞を「無理にもお山に連れて行って、押し込めてしまったら……」なんていっていたのは、まだ記憶に新しい。そんなことされたらたまらないので、村長たちには黙って出かけた。

お山というのは、この村の看板にも書いてある浄土山天文寺の奥の院のことをいうらしい。一五五五段の石段の果て、それは標高二百メートルの山頂にちょこなんと鎮座している。ふもとには本堂があって、なかなか立派な構えをしていた。その参道がすなわち奥の院までの登山道になり、途中には小さな御堂、修行のための岩屋などが無数に立っている。

登山道でもある石段の参道は、一段一段の幅がせまかったり広かったり、急だったり踊り場みたいになっていたり、斜めだったり、でこぼこだったりと、ひどく登りづらかった。十歩も登れば、息切れがしてくる。

「町場の人は弱っちいなあ」

三津は一人でぐんぐん上っては立ち止まり、こちらを振り返って笑った。

石段の両脇は深い森林で、セミの声が村で聞くよりいっそう大きい。ときたま、モズが鋭い声で鳴き、くたびれて音を上げていた多聞を驚かした。

「村の人たちは、阿弥陀《あみだ》さまを拝んでる。死んだときに迎えに来てくれる阿弥陀さまは、死神の親分みたいなもんだからさ」

三津は、そんなことをいう。

多聞は、死神が仏を信仰することが、なんとなく不思議に思えた。

「オレたちは、死んだら獄卒《ごくそつ》になるからな。仏さまにでもすがらなきゃ、やりきれねえよ」

「獄……卒？」

「あんたも見たよな。地獄で、亡者《もうじゃ》をいじめている獣の鬼。あれが、来世のオレたちの姿だよ」

三津がそういって笑うので、多聞は愕然とした。人間の身としては、地獄で苛まれるのは御免こうむりたいが、人間を罰し続ける鬼の側にも立ちたくない。断固、いやだ。この三つ編みの可愛らしい娘が、獣の顔を持った鬼になるということ自体、とてつもなくむごいことに思えた。

「本人の努力だけじゃ、どうしようもねえことっつうのは、あるもんさ。それがお天道さまに与えられた仕事なら、一所懸命やるだけだ」

「三津さんは……えらいなあ」

「えらくねえよ。普通だ」

三津はそういい置いて、最後の百段ほどをダッシュで駆け上がった。死神だから、そんな体力があるのか。多聞とて今は魂だけなのだから、もう少しタフでもよかろうに。

山頂について、両ひざに手を当てて息を整えていると、三津は不思議そうに多聞の様子を覗き込んだ。

「なんで、そんなにくたびれるんだ？　死んだばっかりだから、体の記憶が残ってるのかな？　あ、まだ死んでないんだっけ」

「そうだよ、死んでないよ」

多聞はたいぎそうに片手を挙げて、顔の横で振った。

「あんた、家族は？」

「両親は早くに亡くなったんだ。七つちがいの兄が居て、名前は一宇。ずっとぼくの親代わりだったんだよね。ぼくが死んだら、にいさんは一人ぼっちになっちゃうんだよな」

薬を爆飲みしたときは、そんな簡単なことにすら考えが至らなかった。恋人の関心を引きたいためだけに死ぬふりをするなんて、男として人として、最悪に格好が悪い。こんなことで心配をかけるなんて、育ててくれた兄に対して申し訳がたたない。

多聞が暗い声でそういうのを、三津はじっと聞いていた。

「痴話《ちわ》げんかの延長じゃんか。そんなに落ち込むなよ」

「でも」

「ここの御本尊はすげえんだ」

三津は話題を変えた。

そして、説明してくれた本尊の話は、実際にすごかった。

天文寺を開いた高僧が、即身成仏《そくしんじょうぶつ》して入滅した。すなわち、生きたまま食を断ち、仏となった。ミイラとなったその遺体を芯にして、仏像が作られた。天文寺の本尊は、内部に高僧の遺体を抱えているのである。

「それが、どうしたわけだか、仏さまの頭の部分が抜け落ちて、和尚《おしょう》さんのミイラの頭がひょっこりでてきたんだよ」

首から下はふくよかな仏をかたどった仏像、首から上は高僧のミイラ、それが天文寺の御本尊である。

実際にその姿に見《ま》みえて、多聞は肝《きも》が縮んだ。髑髏《どくろ》の阿弥陀如来《にょらい》なのだ。その姿は、掛け値なしに、生きている者をビビらせる。被せられた木の仏頭を失っても尚、少しもそこなわれない高僧入滅後の逞《たくま》しさが、多聞には怖かった。

強烈な意志というものが、多聞には無縁過ぎるのだ。

思えば、自分だってまだ少年だったにもかかわらず、親代わりになって多聞を育てた兄もまた、強烈な意志の人であるにちがいない。自分がこのまま死んだら、青春をなげうって弟を育てた一宇は、まったく立つ瀬がない。

(にいさん、ごめん……)

多聞は賽銭《さいせん》箱に百円を投じて、じっと手を合わせた。

かたわらで、三津も同じように拝んでいる。

「お参りしたら、あの世に連れて行かれたりしませんかね」

阿弥陀如来は死者を極楽にいざなう仏だ。この髑髏の仏さまに連れられて異次元に行くのは、ちょっと怖すぎる。

「大丈夫だよ。だって、あんたは死んでないんでしょう？　仏さまは万能だからまちがったりしねえよ」

「じゃ、ぼくはだれのどういうまちがいで、ここに居るんだろう？」

「そこを、ジョカさんに突き止めてもらうんだね」

三津は休憩所のわきに設置された自動販売機で、スポーツドリンクを買ってくれた。してみれば、魂だけなのに飲食ができるというのも、摩訶不思議《まかふしぎ》な話である。現世とつながっていない土地の自動販売機に、だれが飲み物を補充しているのかも、また然《しか》り。

二人は奥の院の縁側に脚を投げ出して座った。

「今夜はお祭りだから、あんたも見たらいいよ」

三津は子どものように足をぶらぶらさせながら、そういった。

たいら屋の食堂で冷やし中華を食べた。

5

先日のたぬきうどんの代金を払おうとしたら、とっくに村長の使いが来て精算していったという。四方村長という人は、ジョカのことは多聞に丸投げしているくせに、地獄まで助けに来てくれたし、寝食の世話は焼いてくれるし、正義漢なのか無責任なのかよくわからない。

酢の利いたタレに芥子《からし》を溶かしていると、二人連れのお客に話しかけられた。一人は髪の毛を紫色に染めた老婦人で、もう一人は担当死神である村の若者だ。見た感じ、老人福祉施設の入所者と、介護職員を彷彿《ほうふつ》とさせた。老婦人は楽し気だし、死神はかいがいしく水を運んだり、おしぼりや割りばしを取ってあげたりしている。

老婦人が自分の死の様子を語り、息子と孫の自慢をした。その流れで多聞が自殺未遂をしたことを白状すると、老婦人も死神もそろって非難の声を上げる。

「あなた、まだ若いのに。どこも病気じゃないのに。自分で死ぬなんて、馬鹿げてますよ。あなたのそのピンピンした体と頭が、わたしたちみたいな者には、どれだけ羨《うらや》ましいか。それを無駄にして死のうなんて、お馬鹿さんですよ」

老婦人がいうと、死神の若者も定食のアジの塩焼きを咀嚼《そしやく》しながら、お説教を始める。

「あんた、伸作が担当してた人だろう」

「は……はい」

「寿命を全《まつと》うしないのって、こっちのスケジュールが狂うから、マジ勘弁って感じなんだよな。そりゃあ、あんたを放っぽり出して逃げた伸作は死神として許されないことをしているわけだけどさ。伸作だって、あんたがおかしな真似をするから、手ちがいが起きちゃったんじゃないの？　あんたさ、ここに来て災難だって思っているかも知んねえけど、全部自分のせいだからね」

「まあまあ。その辺にしておいてあげてよ。多聞くんも反省したわよね」

女将が助け船を出す。

「はい、まあ」

全部自分のせい、とまでいわれると、納得できない。薬を処方されたときに薬局からもらった効能書きには、これで自殺したら死神の村に連れて行かれるなんて書いていなかったのだから。当たり前だけど。

気まずい空気になったので、老婦人が慌てて話題を変えた。

「あたし、若いときに犬を飼っていたのよ。若いときといっても、五十代のころですけどね。白い雑種で、十八歳まで生きたのよ。あの子がまだ仔犬のころから、あたしが死ぬときには、お迎えに来てってしつっこく頼んでたの。金ちゃん（犬の名ですけどね）も調子良くって『わん！』なんて答えたくせにさ、いざこっちが死ぬって段になって、いくら待っても来ないのよ。来てくれたのは、こちらのおにいさん」

「犬には犬の、行き先があるんすよ」

若者の死神が、なだめるようにいった。

「あら、そうなの？　あたしは金ちゃんといっしょに犬の天国に行って、もう生まれ変わらないって決めていたのよ。現世の苦労なんか、もうたくさん。あたしの親は、今でいう毒親というもので――」

それから食事が終わるまで、亡き老婦人の愚痴が続いた。

＊

陽が暮れると、夜店に灯《ひ》がともり、村の人たちは浴衣《ゆかた》を着て三々五々に天文寺の境内に集まって来た。お好み焼きのソースが焦《こ》げるにおいがして、子供たちの歓声があちこちで上がった。

寺の舞台では、お神楽《かぐら》に似た、しかしもっと古風な踊りが披露された。四人の舞い手は、能装束にも似た分厚い衣装をまとい、紙と布で作った長方形のお面を顔に着けている。お面に描かれた、目鼻の形がなんとも異様だ。それがシンメトリーになって、ゆうらり、ゆうらりと踊っている。

いつの間にか、多聞の横には三津が居た。桔梗《ききょう》の柄の浴衣を着ている。髪の毛は、相変わらず三つ編みだ。手に綿菓子を持っていた。

「この踊りは、平安時代から続いているんだ。蘇利古って舞なの。村の名前の由来さ」

四人の舞い手は、袖に手を隠して細い棒を持っている。

楽がやんだ。

四人は棒をもたげ、いっせいに多聞の方を指した。

月光がしんしんと降る音が聞こえるくらいに、一瞬の静寂が訪れた。夜店のソースのにおいや、威勢の良い売り声までもが消えた。

……………。

「おかあちゃん。お面買ってよう」

遠くで幼児の甲高い声がして、それを合図に音がもどって来た。

蘇利古の舞い手たちが舞台を降りると、スパンコールの蝶《ちょう》ネクタイを光らせたカラオケ大会の司会者が、マイクを握って登壇する。昼間に食堂で会った老婦人と担当死神の若者が、並んでイカ焼きを食べていた。老婦人は、歯が若いころの頑丈さにもどったといって、大喜びしている。

三津が缶ビールを買って来て、老婦人たちといっしょに飲んだ。老婦人は、息子が赤ん坊だったころの話をしていた。

「あんたも、家族のほのぼの話を教えてよ」

死神の青年が、多聞に話を振った。

「家族ですか」

家族といったら、兄しか居ない。両親が交通事故で亡くなった後、兄は親戚の世話にはならず、多聞のことも親戚にはあずけず、自力で高校を卒業し、自力で多聞を育ててくれた。兄弟というより親子みたいな関係だった。父親に胸の内を話す息子が少ないように、多聞もまた兄にはいろいろ遠慮していた。

実紗はそれを知っていたから、デートにさえ兄を巻き込もうとした。三人でキャンプにも行ったし、温泉にも行った。実紗と知り合ってから、多聞は兄との距離が縮まったように思う。

「去年の夏、兄と二人で山登りをしたんですよね。兄がいつになくテンション上がって、二人で揃いのウェアを買って、弁当を作って」

「あら、楽しいわね」

いつもは真面目くさっている兄が、本当に楽しそうだったものだ。

「兄弟で気合い入れて登り始めたんだけど、所詮は素人ですからね、山ガールにも追い抜かれるし、道に迷うし――」

なんとか登り切った山頂は、まるで公園みたいになっていて、遠足の小学生たちが遊んでいた。そこで多聞と兄は二人でへたばって、兄のこしらえた弁当を食べた。覚えのある味だった。中学高校と、兄が作ってくれた弁当の味だ。

「にいさん……」

思い出すうちに、たまらなくなって涙があふれた。

死神と老婦人が、両脇から肩をたたき、頭をなでてくれた。三津がハンカチを差し出した。

「ここからもどったら、またいっしょに山登りしなよ」

死神の若者がにこにこしながらそういった。

「あたしも、また生まれ変わったら、山登りをやってみようかしら」

「及川《おいかわ》さんは、生まれ変わらないんでしょ。金ちゃんといっしょに、犬の天国にゆくっていってたじゃないのさ」

「あら、意地悪いうのね」

祭りの夜は、ゆるゆると更けて行った。

明日から盂蘭盆《うらぼん》だから、大勢の亡者が「お山」から帰ってくる。この村を経由して、現世の家族に会いに行くのだ。

東京行きの寝台車が来るのも、明日だ。

第二章　寝台特急ひとだま（上《のぼ》り）

1

十三日の朝っぱらから、三津にさそわれて、駅まで出かけた。

お山から来たお客さんたちを見に行こうというのだ。

「お彼岸《ひがん》も混むけどさ、お盆はすごいのさ」

三津はおにぎりと水筒をリュックサックに入れている。

「混雑を見物しながら、食おうな」

どうやら、人混みを見るのも娯楽らしい。やっぱり死神というのは、人間とは感性がちがうと思いながらも、同行した。ふるめかしい自転車を多聞がこいで、三津が荷台に乗る。自転車のペダルは重たいが、三津は軽かった。

「昨日のお祭りは楽しかったですね」

「お祭りは、片付けるまでが、お祭りさ」

三津は校長先生の訓示みたいなことをいう。

昨夜の祭りの夜店もお寺のかがり火も舞台の飾りも、夜中のうちに片付けられ、十二日にやって来た亡者たちは朝が来る前に奥の院から天上に旅立って行った。入れちがいに、里帰りの亡者たちが夜も明けきらぬ前から、どしどし押し寄せているらしい。

「夏のお祭りは迎え火の代わりなんだ。あたしたちが楽しくワイワイやってると、それを目指してお客さんたちはやって来るんだよ。夜っぴて、長い暗い道を歩いてさ」

三津の話すのを聞いていると、あの世に行った人たちが列をなして、いそいそと暗い道を急ぐ姿が想像できた。死人の行列だ。そう思ってみても、別に怖くなかったのは、多聞自身が霊魂だからか。

「どれくらい居るんですか?」

「何十人? 何百人? 何千人? 何万人? 何億人?」

少なくとも、人数に関して三津の言葉には、まったく信ぴょう性がない。

「その人たちは、奥の院から降りて来るんですか?」

「そうだよ」

自転車を走らせる分には、それらしい人の姿は見当たらなかった。

しかし、駅が近くなるにつれて、空気がざわついてくる。

「居るぞ、居るぞ」

荷台で三津がはしゃいだ。

そして、その人たちは居た。

駅前広場を埋め尽くしている。

大きなスーツケースをひっぱった人もいれば、お土産の箱入りメロンを抱えている人も居る。まるで、この時期の空港や駅を見ているみたいだ。

家族連れも大勢居た。

現世の人たちとちがうのは、彼らの風采《ふうさい》である。スーツ姿の現代人は、もちろんいる。軍服に丸刈りの若者たちも、かなりの数だった。そんな中に紛《まぎ》れて、日本髪を結って着物を着た女性や、ちょんまげの侍も居た。驚いたことには、石器時代らしい毛皮の貫頭衣《かんとうい》を着た人も居た。

「あ……あの人は、どこに帰るんでしょうか？」

「遺跡だよ」

三津が、平然という。

荷台から飛び降りた三津は、多聞を急かして人混みに向かって走り出した。

駅前広場の周囲にブルーシートが敷いてあって、蘇利古村の人たちが、めいめい弁当やらおはぎやらを持ち寄って、お山から来た人たちの混雑を眺めていた。

(な……何が面白いんだろう?)

現世から来たばかりの多聞には、さっぱり理解できなかった。

「駅の方を見てこようぜ」

「は……はい」

木造の蘇利古駅は、昨日以前は一日中乗降客が一人もないような駅だったのに、今朝は東京駅にも負けない人数が殺到している。いや、正確には、駅舎は相変わらずら空きだった。お盆のお客さんたちは、駅前広場に集合しているものの、その数ゆえに遠慮しているのか、駅には入って来ない。駅舎の待合室は六畳間くらいの空間に木製のベンチが四つ並んでいるだけなので、とうていお山から来たお客さんたちが入り切るはずもないのだ。

「この人たち全員が列車に乗るなんて、ホームの行列がすごいことになりますね」

駅には自動改札機もない。駅員も若いヤツが一人きりだ。

ところが、駅員は三津と同じく無邪気に群衆を見守るだけである。そして、意外なことをいった。

「お山から来られた皆さんは、バスに乗りますから」

「バス……？」

「あんたもバスで蘇利古村に来たじゃないですか。蘇利古駅は寝台特急ひとだまが停まるだけの駅ですから。お山からのお客さんたちは、バスでお帰りになるんですよ」

「あ、ああ」

自宅で無茶な量の薬を飲んでいたら、いつの間にか乗り込んでいたボンネットバスのことか。しかし、この人数を乗せるには、いったい何台のバスが来るのだろう。

「うふふ」

待合室のベンチに座り、三津が持参したおにぎりを出した。

「あんたも、食べろ」

「は、はい」

海苔《のり》でくるんだおにぎりには、タラコが入っていた。海のない蘇利古村で、どうやって海苔やタラコを手に入れるのか不思議だったが、とりあえずは広場を埋め尽くした大人数が、無事にめいめいの家まで帰れるのかが、喫緊《きっきん》のナゾである。

三津は水筒からお茶を注いで渡してくれた。熱い蕎麦《そば》茶だ。

「皆さま、今年も待ちわびたお盆がやってまいりました！　お帰りの際はどうか、お迷いなく、ご子孫の皆さまのもとへお向かいください。お家が絶えた方におかれましては、観光地などでの行楽もよろしいとは存じますが、当村にもおもてなし自慢の旅館、民宿などが多数ございます。またおみやげ品につきましても――」

拡声器を通した声が、響き渡る。

黄色い法被《はっぴ》を着た村長が、駅舎のそばでビールケースに乗って、声を張り上げていた。

駆け付けた蘇利古村の人たちは、盛んに拍手をしている。お盆のお客さんたちも、ときに大声援を、ときに野次の声を上げて、スピーチに聞き入っている。

そんな風景に変化が見えたのは、平屋造りの蘇利古駅の、そこだけ三階建てになっているささやかな時計塔の丸時計が、午前九時半を指したときだった。

駅舎の外壁に取り付けられたスピーカーから、雅楽のような古い音楽が聞こえだした。見れば、駅員がプレーヤーにLPレコードを載せている。ジャケットが、ちらりと見えた。『蘇利古』と書かれている。昨夜のお祭りで見た古風な舞で流れていたのと、同じ曲である。

それを合図にしたかのように――いや、実際に、それが合図だったのだろう――

台の古いボンネットバスが、広場に入って来た。

見覚えのあるバスガイドが、白い手袋をひらめかせて誘導し、バスは広場の中央に停まった。

「ほら、ほら、見て。皆、乗るよー」

三津が目を輝かせて、多聞の腕を叩く。

駅員も楽しそうな顔をして、身を乗り出した。

そして、多聞はまったく不思議なものを目撃することになる。

駅前広場に集まった何百とも何千ともつかぬ人たち全員が、ちっぽけなバスに乗り込んで行くのである。それは奇跡というか、イリュージョンというか、現実ではあり得ない眺めであった。小さなバスは少しも混まないのに、数えきれないお盆のお客さんたちが、悠々と乗り込んでしまったのだから。

（あれだけ乗ったら、床が抜けるよな）

いや、抜けるはずがない。あのバスのお客たちには重さがないのだ。

乗車が完了すると、広場を取り巻いていた蘇利古村の人たちから拍手が起こった。

バスの乗客も得意げに手を振り、ガイドの声が高らかに響く。

「発車オーライ！」

このようにして、お盆のお客さんたちは、つつがなく故郷へと帰って行ったのだった。

＊

帰省ラッシュが一段落すると、多聞は駅の待合室で寝台特急ひとだまを待つことにした。

列車の到着時刻は一時間後の十時半で、それまで三津がいっしょに居てくれることになった。

「すみません。お忙しいんでしょ？」

「ここでは、あんたたちほど時間に追われてねえんだよ。だれかが怠《なま》ければ、別のだれかが代わりをしてくれる。今ごろきっと、隆さんがお屋敷の掃除をしているさ」

「村長のご子息が？」

平然としている三津に代わって、多聞が恐縮した。

「その代わり、隆さんがゴルフコンペに出られないときは、オレが代理でコースを回ってあげるし」

「三津さん、丸儲《まるもう》けじゃないですか」

「そうかな」

三津は自動販売機でペットボトルの緑茶を二本買って、一本を多聞にくれた。ここもまた、だれが補充しに来るのかナゾである。

多聞は飲みなれた液体を少しずつ飲みながら、寂しい駅舎の中を見渡した。貼り出されている時刻表は、寝台特急ひとだまのものだけだった。何日かに一本という間隔なので、時刻表というよりは、むしろ日程表だ。駅員はさっき使ったLPレコードの埃《ほこり》を丁寧に拭いていた。

「ねえ、三津さん。ここの皆さんは、来世は地獄の……ええと、鬼になるんですよね」

そういうと、少しの沈黙があった。すっと息を吸い込む気配がして、三津は答える。

「前にもいったろ。仕方がないことさ。さだめというやつさ」

「やっぱり、なりたくないんだ」

「だからあ、さだめなんだよ。どうにもならないことを、繰り返していうな」

三津は怒ったようにいってから、多聞の肩を軽くたたいた。

「オレもさ、あんたの旅の無事を祈るよ。問題が解決するように、一所懸命に祈ってあげる」

「やっぱり、祈ってもらわなくちゃいけないくらい大変なんですね？」

漠然とした不安に自然と視線が下がり、うなだれていると、目の前に大きなボストンバッグが差し出された。驚いて顔を上げた多聞の前に、いつの間にか村長が来ていた。お盆のお客さんたちの前でスピーチしたときの、黄色い法被は脱いでいる。

「これは？」

バッグを受け取り、多聞は目をぱちぱちさせた。

「着替えやら寝間着やら歯ブラシやら、それにちょっとしたお小遣いを入れておいたよ。旅の無聊《ぶりよう》を慰《なぐさ》める文庫本やら、小腹が空《す》いたときのためのビスケットやら、ホームシックにかかったときのためのテディベアやら――。まあそんなもんさ」

「テディベア？」

ボストンバッグの中には、旅慣れない人の荷物にふさわしい、いろんなものがごちゃごちゃと詰まっていた。本当にテディベアも入っている。この村に来たときは着の身着のままの着た切り雀だった多聞は、今日まで隆のお古を借りていた。村長の善意はものすごくウザかったが、その百倍嬉しくて涙が出てきた。

「ありがとうございます――こんなにしていただいて」

「泣くんじゃない、男だろう」

村長は熱い心をあらわすように、多聞の手を両手で握る。それから、小さな厚紙を四枚くれた。往復の乗車券と特急券だった。

「ジョカの件だけどね。わたしたちは同行できないけど、助っ人に連絡をしておいたよ。ひとだまに乗り合わせているはずだから、きっとあんたの力になってくれるだろう」

「本当ですか？」

岩佐ジョカという名と十年前のスナップ写真を頼りに、東京中を捜さねばならないと覚悟していた。だれがどれくらいの力を貸してくれるのかはわからないけれど、この蘇利古村に来て以来最大の朗報だった。

多聞の反応が嬉しかったのか、村長は開け放った出入り口から入る風に目を細める。

「あんたのご両親も、帰って来たのかなあ」

「亡くなった人は、お盆になると全員がもどって来るんですか？」

「いいや。都会に出たきり、何年も帰省しない人も居る。亡者も同じだ」

「へえ」

さしずめ自分などは、いったん死んだら、この世のことなど一顧だにしないタイプだろうと思う。

それから、ぽつりぽつりと見送りの人たちが来てくれた。村長の息子の隆、たいら屋の女将、医師、昨夜の祭りで知り合った若者、バスには乗らなかったお盆の亡者も二、三人。それぞれ、東京に行ったときの思い出話をはじめる。

「全日本境界エリア協会集会で上京したのは、二十年前だ」と、村長。

「村長さん、それ早口言葉？」お盆のお客さんが訊く。

「全国津々浦々から、地獄の一丁目の責任者が集まるパーティです。あのときばかりは、死神のなわばりを気にせずに大いに飲みましたよ。赤坂の芸者さんを呼んで――」

「あらまあ、楽しそう」

「わたしが東京で働きだしたころ、東京タワーはまだ建っていませんでした」別のお客さんがいった。

「高度経済成長期ですか」

「そう、そう。中学を出たばかりで上京して、よく働きました。おかげさまで、小さな会社を興しました。苦労ばかりしたのに、楽しかったことしか覚えてないなあ」

聞き入っているうちに、列車が入ってきた。

一同は歓声を上げてホームに移動する。三津が全員分の入場券を買って、駅員に渡した。

「寝台車なんて、生まれて初めて乗るかも」

いざ列車を目にすると、不安よりも面白さの方が大きくなる。多聞のために扉を開けたのは、十三両編成のブルートレインだった。

たいら屋の女将が、多聞にアイスクリームと冷凍ミカンを持たせた。駅にはキヨスクなどはなく、どこから出したのか両方ともかちこちに凍っている。

「旅には、これがなくっちゃね」

出所は不思議なままだが、その人情に、鼻の奥がつんと痛くなった。自分のことよりも、この人たちがやがて地獄の鬼になってしまうことの方が、大問題に思えた。多聞の泣きべそを見て、三津がからかう。

「この人、すぐ泣くんだよねー」

駅員が笛を吹き、ほどなく発車することを告げた。

多聞は女将たちに急かされて、列車に乗り込んだ。デッキにとどまり、世話になったお礼をいううちに、ドアが閉まった。

ホームでは開けっ広げの笑顔で、蘇利古村の人たちが手を振ってくれている。村長たちだけかと思ったら、後から後から、全く関係のない老若男女が詰めかけて、懸命に手を振っていた。

多聞は驚き、次の瞬間には、両親の笑顔を思い出した。蘇利古村の人たちの暖かさは、記憶の底にある家族の暖かさと同じだった。またしても泣きそうになって、多聞は腕でごしごしと目をこすった。

*

寝台特急ひとだまは、進行方向の左側が通路になっていて、右の方に座席兼寝台が並んでいた。寝台は上下の二段で、それが二基、向かい合っている。就寝前は、下段の席に乗客が腰かけるというシステムだ。車内は思ったよりずっと混んでいて、八割方の座席はうまっていた。なにせ〝寝台特急ひとだま〟だ。どういう人がどういう用事で利用しているのかはわからない。ともあれ、乗客の様子は、蘇利古駅のホームと同じくらいなごやかだった。

多聞の座席は、三号車五のDである。通路を進みながら、車内アナウンスで、食堂車と展望車が付いていることを知った多聞は、旅情がむくむくとわいてきた。

そんな多聞のハイテンションぶりを打ち砕いたのは、三号車五のDに腰かけていた人間だった。パンチパーマのやせて貧相な中年男で、目指す席に他人が陣取っているのを見て面食らう多聞を、感じの悪い横目で見上げた。

にらまれた多聞は、再度、切符と座席番号を確認してから、おずおずと声を出す。

「あの、そこ」

パンチパーマの男は、いよいよ目付きを悪くして噛みついてくる。

「なによ。ちょっとイケメンだからって、気安く声を掛けないでほしいわね」

オネエ？

多聞は呆気《あっけ》にとられてから、慌てて居住まいをただした。

「じゃなくて、そこ、ぼくの席で――」

「………」

男は目をすがめ、顔を上げ下げして多聞を見る。そして実に面倒くさそうに自分の切符を取り出すと、座席番号を確認し、舌打ちをした。

「あら、やだ。Cですって」

（舌打ちかよ）

あまりの感じ悪さに、茫然となる。あっちもこっちもにこやかな人たちばかりなのに、どうしてよりによってこんな男のとなりに座らなければならないのか。多聞が身の不運を嘆いていると、感じの悪い男は尻を引きずるようにして通路側に移動した。

多聞はまったく居心地悪そうに、自分の座る窓側へと落ち着く。すぐに車窓に目を移すのも喧嘩を売っているような気がして、ついついとなりを見たりしていると、感じの悪い男は細い目をカッと見開いて多聞を睨んだ。

「なによ、感じ悪いわね。座席をちょっとまちがったくらいで、何よ。まったく、ちっさい男だわね！」

「す――すみません」

感じの悪い男は、多聞が下手に出たので、さらに増長したようだ。多聞の顔に定めた視点を外そうとしない。

「あんた、ひょっとして、篠原多聞？」

「え、なんで？」

こんな感じの悪い人間に、フルネームを知られている理由がわからない。しかも、呼び捨てである。

「あたしは、登天《とうてん》郵便局の貯金係長、青木《あおき》というものよ」

感じの悪い男は名乗った。そして、意外なことをいい出す。

「四方村長から聞いてるわ。あんたの手伝いをして、死神を一匹見つけ出すようにってね」

青木はさらに舌打ちをした。しかも、いくら死神とはいえ〝一匹〟って……。

村長が助っ人に連絡を取って列車の中で会えるといってくれたけど、よりによってこんな感じの悪い人物と行動を共にしなければならないのか。

多聞の絶望感を読んだらしい青木は、ふてくされたように鼻を鳴らす。

「いっとくけど、あたしが助けるわけじゃないわよ。そういうことが得意な変人を、紹介してやるってハナシ」

それがだれなのか、やっぱりオネエ言葉の人なのか、やっぱり感じ悪いのかを訊くに訊けずに困っていると、四人掛けの席の残り二人がやって来た。

ひとりは髪を短く刈り込んだ四十代ほどの男性で、麻の背広にパナマ帽、古くて大きなトランクを持っている。せっかちらしく急いで席に着いてから、連れの年かさの男に早く座れと手招きをした。

それは着流しの紳士で、カンカン帽をかぶり、荷物は合切袋《がっさいぶくろ》と雨傘だけだ。

四十代のせっかちの方が、青木を見てにやりと笑った。

「おや、青木くん。奇遇だな。旅行かね」

「あーら、井上《いのうえ》先生に柳田《やなぎた》先生、おひさしゅうございます」

青木は上体をくねくねさせながらお辞儀をする。

「どこかの馬鹿が自殺未遂をして死に損ねて、死神に連れて行かれもしないのに蘇利古村に紛れ込んで帰れなくなったらしくて——その尻ぬぐいなのよう」

「どこかの馬鹿ですとな？」

年かさの男が、笑いを含んだ目で多聞を見る。

青木も、こちらをじとりと見た。

「ちょっと、あんた、ボケっとしてんじゃないわよ。こちらのお二人をだれだと思ってるの」

そんなの知るわけがない——とはいえずに恐縮すると、青木は軽蔑するような目で睨んでから、せっかちそうな四十代の男を手で示した。

「こちらが、妖怪博士の井上円了《えんりょう》先生」

そして、和装の男にてのひらを向ける。

「こちらが、民俗学者の柳田國男《くにお》先生よ。頭が高い、ひかえなさい」

「え、ええ？」

井上円了という人は、江戸時代生まれで大正時代まで活躍した仏教哲学者である。

超常現象のなぞときで有名な人で、魑魅魍魎《ちみもうりょう》がちまたを席捲《せっけん》する時代にあって、懐疑論者の立場で迷信を払拭するために活躍した。幽霊もこっくりさんもポルターガイストも、人間のなせるわざだと、一刀両断に看破する。教育のこと、哲学のこと、宗教のこと、迷信のことを講演して回り、その活動範囲は日本を飛び出し中国大陸にまで及んだ。当時の満州への講演旅行の途中で亡くなっている。そして、亡くなった後も、あの世に行くことなく研究をし続けている――というのか？

「霊魂不滅論、妖怪学全集、世界旅行記、妖怪玄談、どれも井上先生のあ〜りがた〜い御著書よ。あんたも一冊くらいは読んでいるわよね」

「ええと、その――青木さんはお読みになっているんですか？」

多聞は、へりくだった目付きで青木を見上げる。とたん、血色の悪い顔が引きつった。

「うるさいわね。今はあんたに訊いてんのよ」

そして、そそくさと背筋を伸ばす。

「そして、こちらは柳田國男先生。あんたみたいな無教養な若造でも、『遠野物語《とおのものがたり》』くらいは聞いたことはあるわよね。どうせ読んでいないだろうけど」

「え――ええ、はい、まあ」

業腹《ごうはら》だが、聞いたことはあるものの読んでいない。

「柳田先生はね——」

明治八年に生まれた日本の民俗学の父だ。官僚でありながら、日本各地の風習を調べ上げ、有名な『遠野物語』をはじめとする多くの著作を残した。柳田にとっての主役は、土着の人間である。だから、その人の迷信までひっくるめて、学問として受け入れた。その点で円了より後の時代の人であるにもかかわらず、魑魅魍魎に対して鷹揚である。ときとして、彼自身も農民の信仰する神をおそれ、神に不敬な者をみまった不運を、祟《たた》りだろうと真顔で書き残したりしている。

円了が腕組みをした。

「ぼくだって、深淵なるものを頭ごなしに否定しているわけではないよ。真の不思議、真の妖怪はきっと存在する。それこそが——」

「真怪《しんかい》ですな」

柳田が、実に嬉しそうに言葉を受け取った。柳田はきっと、怪なるものが好きなのだ。

多聞は両手を腿《もも》の上に置いて、姿勢を正す。

「はじめまして、篠原多聞といいます。死んでいないけど、幽体離脱中っていうか

「これこそ、真怪」

　円了はひげをきれいに剃ったあごを撫《な》でた。顔立ちが整っているせいもあって、感じの悪い青木と向き合って座っているから、比較すると、ますます感じがいい。

「この列車が、そもそも真怪そのものだ。ぼくはこのあやかしの列車に心を奪われ、夜も日も明けぬていたらく」

「寝台列車だけに、夜も日も明けぬとは、いいえて妙」

　柳田が軽妙に応じた。格調高そうだけど、オヤジギャグだと多聞は思った。

「あのう。そういうことが得意な変人って、この人たちなんですか？」

　さっき、ジョカ捜しについて、青木がいっていたことだ。多聞がこそこそ声で訊くと、青木が顔をひん曲げた。

「ばっかじゃないの？　こちらは歴史上の人物なのよ。なんで、あんたなんかにかかわってもらえると思うのよ。うぬぼれも、たいがいにしなさいよ！」

　多聞を押し退《の》けるようにして、勢いよく窓を開けた。――この列車は、特急だが窓が開くのである。

真夏の午後らしからぬ、冷風が吹く。

不思議に思って窓外を見た瞬間、黒い気体が目の前を覆った。

その黒煙は、まるで意思を持つもののように、車内になだれ込んできた。蒸気機関車でもないのに、なにゆえに黒煙？　多聞が首をかしげていると、円了が慌てて窓を閉ざす。

黒煙は消える前の一瞬、人間の形を成したように見えた。

多聞はたじろいで円了を、そして柳田を見る。

二人は難しい顔をしてうなずき合い、円了はトランクから天眼鏡を取り出して窓ガラスや手すりを覗き始めた。

「……？」

青木はきょとんとしている。柳田は思案顔で首を左右に振ったが、すぐに柔和《にゅうわ》なほほえみを取りもどした。

「きみ、いっしょに展望車にでも行きませんか？」

いじわるな青木から離れられるのならば、どこでもいい。多聞は柳田に連れられて展望車に向かった。

2

展望車は十三両編成の最後尾で、バルコニーのような壁のないデッキと、窓の大きな展望室から成っていた。本来、このタイプの展望デッキはもっとゆっくり走る列車にあるものだろうが、なにせ寝台特急ひとだまだから、これしきのことで、いちいち驚いていられない。実際に、高速で走る列車の展望デッキに出て、優雅に景色を楽しもうという人は居なかった。景色ならば、展望室の窓からでも十分に堪能《たんのう》できる。

展望室は白いカバーのかかった一人掛けのソファとコーヒーテーブルが、ゆったりと配置されていた。テーブルの上には色ガラスの灰皿と、一輪挿《ざ》しが置かれている。大きな窓からは、夏の午後の景色が目に飛び込んで来た。遠くも近くも、さまざまな緑色が折り重なっている。見上げる丘には古びた温泉街があり、畑の景色、田んぼの景色が流れてゆく。

「あなたは、ひとだまに乗るのは初めてですか」

「ひとだ……、は、はい」

柳田國男と井上円了は、当然ながら故人である。

今は亡き柳田や円了と旅を共にするという事実に、多聞は改めて感じ入った。四方村長の言葉によると多聞自身が生霊だそうだが、柳田や円了は亡者ということになる。円了の言葉を借りれば、自分自身が真怪なのだ。

蘇利古村と現世は地続きではない。かさなり合う別の次元、互いにパラレルワールドとして存在している。ひとだまは、そのパラレルワールドを往来する列車なのだ。全ては現世にもどるための手順ということだけど、前に進めば進むほど、おかしなことになってくる気がした。

(にいさん、どうしているかなあ)

返す返すも、自分の軽率さと、甘ったれ加減に腹が立った。もしもこのまま死んでしまったとしたら、ひとりぼっちで通夜だの葬式だのを出す兄の気持ちはどんなにか孤独だろう。親に先立つ子は親不孝だというけど、親代わりの兄を残して自殺する自分は、その百倍以上も不孝者だという気がする。

(早く、現世にもどらないと)

自分はまだ部屋でのびているのだろうか。それとも、だれかに発見されて病院に運ばれたか。多聞が自殺なんか図ったと知った兄のショックを思うと、いたたまれない。

車窓の緑を見ていると、去年の夏に兄と行った登山のことが、思い出された。二舞山《にのまい》という山だ。

道に迷ってさんざんだったけど、今にして思えば本当に面白かった。迷っているさなか、木々に囲まれた古い神社を見付けて、多聞は「実紗と結婚したい」と願掛けをした。

どことも知らぬ森の神さまは、思いのほかに霊験《れいげん》あらたかだったらしい。山を下りてほどなく、実紗と同棲を始めた。——今となっては、過去形でいうよりないのだけど。

こういう場合、お礼参りに行くものだが、道に迷った途中でお参りしたわけで、もう二度とたどり着けないように思う。それにしても、山で迷っていたのだから、無事に帰りつけるようにと祈るべきだった。たぶん、それは兄が祈ってくれたのだろうけど。

ところで、あれは何の神さまだったのだろう。

「わたしは、はっきりしてほしいんですよ。わたしが天邪鬼《あまのじやく》に殺されるのか、助けられて玉の輿《こし》に乗れるのか」

若い女の声がしたので、びっくりして振り返った。

柳田と向かい合う位置に置かれたソファに、メイドカフェのメイドさんみたいな娘が座っていた。紺色の制服に白いエプロン、頭に白いブリムを着けている。かたわらには、車内販売のワゴンを寄せていた。

柳田は娘の話を聞き、合切袋から取り出した小さな帳面に、しきりとメモをしていた。

「あなたは、『瓜子《うりこ》姫《ひめ》と天邪鬼』の瓜子姫なんですな?」

「そうですよ。そして、この列車の車内販売の売り子です」

瓜子は胸を張る。ここでもオヤジギャグか? 多聞はちょっと、ガクッときた。

「あなたは、『瓜子姫と天邪鬼』のお話を知っていますか?」

柳田が多聞に訊いた。

「は、はい、だいたい」

むかしむかし、あるところに、おじいさんとおばあさんが居た。

おじいさんは、山へ、おばあさんは、川へ行く。ここまでは『桃太郎』といっしょだ。

桃太郎とちがうのは、川から流れて来たのが桃ではなく瓜だったこと。瓜の中から女の赤ん坊が出てきた。だから、名前は瓜子姫と付けられた。

瓜子姫は大事に育てられ、美しく成長した。お殿さまに見初められて、輿入れすることになる。玉の輿だ。

おじいさんとおばあさんは、嫁入り道具を買いに出かけた。

天邪鬼が来たらいけないから、戸締りを忘れないように念を押した。

それから、炉《ろ》の灰に穴を空けてはいけない。

そうすると、かならず天邪鬼が来てしまうから。

留守番の瓜子姫は退屈になり、天邪鬼というものを見てみたくなった。どうしてそれほど恐れられるのか、忌《い》み嫌われるのか、自分の目で確かめたくなった。全ては、退屈のせいだ。

瓜子姫は決してするなといわれたことを、敢《あ》えてした。炉の灰に穴を空けたのだ。

瓜子姫は戸を開けて天邪鬼を家に招き入れてしまい、天邪鬼に殺された。

天邪鬼は瓜子姫の生皮を剝《は》ぎ、それをかぶって瓜子姫に成りすました。

おじいさんとおばあさんが帰って来ても、天邪鬼は騙《だま》しとおした。お城の役人もまた、騙された。

瓜子姫に化けた天邪鬼は、お殿さまのところへ嫁いでゆく。

ところが、花嫁道中の途中で、木にとまったカラスに正体を見破られてしまった。

天邪鬼は、退治された。

「壮絶なむかし話ですよね」

多聞はそういいながら、この列車には物語の登場人物まで乗っていることに驚いた。

「別バージョンもあるわけなのよ」

メイドっぽい格好の売り子の瓜子は、多聞の方にひざを乗り出す。

「瓜子姫は殺されずに監禁されるんだけど、助けられるの。天邪鬼は懲《こ》らしめられ、瓜子姫は無事にお城に嫁入りして、めでたしめでたし」

「西日本では瓜子姫が助かる話が主流で、東日本では殺される話が多いという傾向があります」

柳田がいった。

「へえ」

「売り子さん、コーヒーをいただけますかな」

「はい、ただいま」

売り子の瓜子は、魔法瓶を傾けて柳田と多聞にコーヒーを淹れた。初手からミルクと砂糖が入れてあった。多聞はブラック党だけど、瓜子のコーヒーはとても美味いと感じた。

「わたしはもう何百年も、殺されたり、幸せになったりで、落ち着かないったらありゃしないのよ。今度の裁判では、そこのところ、はっきりと白黒つけてもらうわ。なんなら、わたしが天邪鬼をやっつけてやってもよくってよ」

「裁判、やるんですか？」

「ええ、今度こそはっきりさせてやるわ」

そういい放つと、売り子の瓜子はワゴンを押して、展望車から出て行った。

「柳田先生、どうも、こんにちは」

瓜子が去った後、すぐに盲目の老婆が入って来た。小柄で、腰が曲がっていた。目が不自由なので、物音を視界に収めようとするように、小さな顔を上げて小首を傾げている。この人は、死者の言葉を聞くのが仕事の、イタコだという。

3

「これから始めるのは、いわば百物語です」

柳田は濃い眉の下の目を細めて多聞を見た。

「百物語？」

多聞は訊き返したが、知らないわけではなかった。

怪談会、みたいなものである。人が集まって、百本のロウソクを灯して、怪談を話す。一話ごとにロウソクを一本消して、百話も話す。百本目のロウソクが消えて真の闇に包まれたとき、恐ろしいことが起こる――というものだ。

これから、百人も集めて怪談の会を開くのかと思ったら、そうでもないらしい。

「かなり亜流になります。話し手は三人、昭和四十年頃の人たちです。この御一同が話し終われば怪異が起こるかもしれません」

「え――マジすか？」

「マジす」

柳田は和服の袖で腕組みをした。楽しそうだった。

「きみ、怖いなら座席にもどっていいですよ」

「いや――」

どちらかというと、あの青木の隣で意地悪をいわれ続ける方が怖い。それに、怪談というのも面白いと思う。夏になるとテレビでよくやる怪談の特番は、いつも楽しみに観ているのだ。

「ここに居ます。面白そうですから」

「面白いを、通り越してしまうかもしれませんよ」

柳田はいたずらっぽい流し目をくれてから、イタコに向き直った。相手は目が不自由なのに、柳田の視線を感じたように一つ大きくうなずいた。

「では、お話を聞かせてください」

「せば、始めるよ」

イタコは「コホン」と咳払いをする。細くて甲高《かんだか》い声だった。

「どうぞ」

柳田がうながすと、イタコは話し始めた。

「おらが生まれた家は、地主でのう。おらは子どものころから目が見えなかったからさ、自活できるようにと親がイタコに弟子《でし》入りさせてくれたんだよ。からだが弱くても悪くても、何の保障もない時代だったからのう。おらのような者も家族のお荷物にならないために、働けるのならば働いた方が幸せだったのさ。家族のやっかいになって一生を暮らすのは、可哀想だと思って、親たちは心を鬼にしておらに修行をさせたんだ。

おらは目が不自由だったが、ほれ、家柄が良かったからさ、地主の家に嫁いだんだよ。息子が一人、生まれたおん。おらには似ないで、目コはちゃんと見えて丈夫な男童子《わらし》だった。立派な教育を受けさせたんだよ。大学に通わせたんだから。そして、学校の先生になったのさ。自慢の息子だった。

となり村から嫁をとってやった。気立ての良い優しい嫁だ。おらの商売も順調でな。商売――イタコの商売さ。ああ、おらたちはイタコの仕事を商売って呼ぶんだよ。ああ、商売もうまくいっていた。幸せだと、よく思ったもんだ。

ところが、幸せつうのは続かねえ。

おとうさんが亡くなったのさ。

弔いの最中に、嫁に狐が憑《つ》いた。

おとうさんの四十九日に、息子が事故で死んでしまった」

老婆はそこで言葉を切り、うなるような声をもらした。低い、怒った犬のようなうなり声だ。その声のまま、老婆は話を続けた。彼女の話は、そのまま呪詛《じゅそ》だった。

「だれかが、おらたちの幸せを妬《ねた》んで、呪ったんだ。

どこのだれなのかも、わかっている。――伯母だ。

伯母の一人娘が若いころから不良な女で、旅役者と駆け落ちして、不幸せな結婚をしたんだよ。結局、出もどって来たんだが落ち着かず、またどこかに、ふらりと出て行ってしまった。だから、幸せだった姪のことが憎くてならなかったのさ。伯母の妬みを受けて、おらは不幸のどん底に落ちてしまった。人の嫉妬づうものは、恐ろしいんだ」

盲目の老婆はそこで言葉を切ると、もそもそと立ち上がった。

柳田のペンが帳面を行き来する音だけが、小さく小さくひびく。

老婆は車両の揺れにも気丈に耐えて扉へ向かい、それ以上は何もいわず、挨拶もせずに立ち去ってしまった。

＊

次に来たのは、紫とバラ色の縞《しま》の着物を着た、三十代後半くらいの美女である。色っぽいというタイプの女性には、あまり縁のない多聞だが、この人はそばに居るだけで全身が緊張するような色気があった。昔風のパーマで整えた髪型も、よく似合っている。

女はきちんとひざをそろえて、心持ちだけ背中をくねらせてソファに座り、赤い唇で話し出した。

「あたしの想い人の寅吉《とらきち》さんは、よその土地から来た人です。

あたしには、お付き合いしている人が居て、丹野修一《たんのしゅういち》といいました。修一は米問屋の跡取りなんですが、これが愚連隊の首領みたいな、乱暴でわがままな男なんです。

あたしと寅吉さんは隠れて会っていたんだけど、修一に気取られてしまいました。あるとき、寅吉さんがひどい怪我をして来て、もう会わない方がいいとあたしにいうんです。修一のしわざだと、ピンときました。修一は子分たちを使って寅吉さんに暴力を振るったんです。そして、あたしと会わないように脅したんです。あたしには、寅吉さんの居ない人生なんて想像もつきません。だから、あたしは決心しまして、寅吉さんと駆け落ちすることにしたんです。

だけど、待ち合わせの場所に寅吉さんは現れませんでした。

川に落ちて——亡くなったというのです。巡査が来て、酔っ払って誤って落ちたのだと決めつけられてしまいました。

でも、あたしにはわかるんです。修一たちに殺されたのにちがいないんです。

その修一との祝言《しゅうげん》が迫って、あたしは一人で街を出ました。

それから十年して実家にもどりました。

修一の家は破産して、だれも居なくなっていました。あたしの家も、両親が亡くなっていました。あたしは、また別な街に流れて行って、小さな一杯飲み屋を始めました。

　ときどき、夢の中に寅吉さんが出て来て、あたしに話し掛けます。寅吉さんはあたしのふるさとで死んだのではない。東京にもどり、放水路の橋脚工事の事故で死んだんだ、と。

　そういうときの寅吉さんは、ずぶ濡れで、あたしのことを悲しそうに見ています。なんでも、リングビーム工法という危険な工事のために、おぼれたのだそうです。水の中に丸く鉄板を立てて筒のようなものをこしらえ、その中で仕事をするのだそうです。外からかかる水圧で筒が壊れて浸水し、よく事故が起こるって話です。リングビーム工法のことは、物知りのお客さんに教えてもらって、初めて知ったことです」

　女はそこまでいうと、さきほどの老婆と同じく、唐突に立ち上がって展望車を出て行った。

＊

　その次に現れたのは、行商人風の若い男だ。鳥打帽をかぶり、木綿《もめん》の風呂敷に行李《こうり》を包んで担いでいる。ソファに腰かけると、荷物を重たそうにゆかに降ろした。鳥打帽の影が顔の上半分を覆って、どこやら企みごとを胸に秘めているような印象を与えた。骨格ががっしりとして長身だが、やせていて顔色も土気色をしていた。

「わたしは薬の行商をしている者です。あちこちに参りますから、いろいろ面白いことに出くわします。ときには、恐ろしい思いもいたします」

言葉に反して、男の顔には表情らしいものは一切見えない。多聞の頭に、不意に〝デスマスク〟という言葉が浮かんだ。死人の顔で型をとって作る、死に顔の仮面だ。男は、まるでだれかのデスマスクを顔に被《かぶ》っているような、そんな異様な印象を与えるのだ。

多聞は不安になって柳田を振り返った。柳田は相変わらず、メモを取りながら熱心に耳を傾けている。

「一等怖かったのは、ある雪深い村を訪ねたときのことです」

「冬に？」

柳田が短く訊くと、男はかぶりを振った。

「いや、冬ではありませんでした。最後に行ったのは夏でした。村では堰《せき》を塞《ふさ》がなければならないというので、ちょっと深刻な騒ぎになっていました」

堰というのは、水を引くために川をせき止めた場所のことだ。

「そいつを、いったいどうして塞がねばならんのか、わたしはさっぱりわかりませんでした。何にしろ、こっちにはかかわりのないことだ。わたしは、得意先へと向かいました。いつも使う裏口に、主人からの手紙が置いてありました」

――薬屋さん、どうしても今は手が離せない。薬箱とお代は座敷に置いてあるから、悪いが新しい薬を入れて、このお金を受け取っておくれ。

「茶封筒にいつもと同じく、千円札が一枚入っておりました。使用人までが留守なのかと不思議に思ったのですが、屋敷に入ってみたら、本当にだれもおりません。はい、在郷の方では昼日中から戸締りなんていたしませんよ。だれでも、家に入りたい放題。それでも、泥棒なんて居ないのです。村というのは、ある意味すばらしい、ある意味怖いところですからね。

お金だけ取ってそのまま帰ろうと思わなかったのかですって？　そんなこと、思いやしませんよ。だって、相手はお得意さまですから。こちとら、信用第一ですからね。

それはそうと、広い屋敷は森閑《しんかん》としておりまして、わたしはいわれたとおりに、薬箱に新しい薬を補充して、用意されていたお金をいただいて屋敷を出ようとしたのです。

ところが、どうしたことか、お屋敷の中で迷ってしまいました。座敷の次はまた座敷、廊下を巡れば、またうす暗い座敷、座敷、座敷、座敷、ですよ。ようやく勝手口らしきところを見付けて外に出ましたならば、村の若い衆たちが十人ほども居るんです。わたしを待ち構えていたんですよ。まったくわけがわかりませんでしたが、皆がたいそう殺気立っておりました。そして、わたしは当身《あてみ》を食らわされ、悶絶してしまったのです。

気が付くと、わたしは太い杭に縛り付けられて、堰に沈められておりました。それは大切な工事だったから、人柱が必要だったのです。

いや、そんな非科学的なこと、信じられるものですか。しかし、問題はわたしが信じるかどうかより、村の人たちが信じ切っていたことです。

人柱というのは、わたしのような流れ者にお鉢が回って来るものなのですよ。村を救うために、村のだれかを犠牲にするのは本末転倒だということでしょうか？　それとも、村のだれかを救世主になどしてしまったら、後々、やかましいことになるという懸念からでしょうか。旅の者を堰に沈めたところで、だれも悲しまない、怪しまない。わたしは、まんまと罠《わな》にはまってしまったのです」

男はそこで言葉を切ると、前の二人と同じように唐突に車両を出て行った。

柳田は深刻な顔で聞いていたが、多聞の視線に気づくと、にっこりと笑った。

「どうですか？　面白かったでしょう？」

「う〜ん」

退屈だったり、作り話のように思えたり、である。多聞は、心霊写真をテレビ画面でアップで見るような、そんなゾワゾワしたスリルを期待していたのだ。いや……百物語の亜流というからには、これから何か起こるのか？

「まあ、そう、慌てずに」

別に慌てているわけではないのだが、肩すかしを食らったような気持ちは否めない。柳田はそんな多聞をじっと見る。

「ところで、あなたはお腹が減りませんか？」

「あ、そうですね」

窓を見ると、外はすっかり陽が暮れて、ガラスは鏡のようになっている。

この列車には、立派な食堂車がある。柳田は先に立って、多聞を連れ出した。

＊

食堂車には、円了や青木も誘ってから行った。

そこは真紅のビロードのカーテンがかかった、重厚な装飾が施してあった。天井の灯りは黄みがかって落ち着いていて、その光の具合は高級ホテルのレストランを彷彿とさせた。四人掛けのテーブルが、左右二列に配置されている。テーブルの上には、カーテンと同じ色のスタンドが飾られていた。椅子《いす》は褐色《かっしょく》のビロードが張ってあり、丸味を帯びたテーブルには人魂《ひとだま》の飾りが刺繡《ししゅう》されたランチョンマットが敷かれている。

四人とも、洋定食を頼んだ。

海鮮サラダ、アスパラと鮭のスープ、牛フィレステーキ、イカ墨パン、デザートとコーヒー。

「あんた、そのデザート、食べないなら代わりに食べてあげるわよ」

デザートは紫イモのアイスクリームと、チョコレートのババロアだ。

青木に皿を持っていかれそうになり、多聞は慌てた。

「食べますから！　あげませんよ！」

「今夜は面白い話が聞けたので、ゆっくりと休めます」

「怪奇現象の一つも起こってくれなければ、つまらぬ」

円了は、柳田の聞き取った百物語（亜流）の結末のことをいっているのだろうか。

そう思って、多聞は柳田に目をやった。

車掌が飛び込んで来たのは、まさにそのときだった。

「大変です！　怪物が出て、お客さまが食われております！」

怪異が起こった。

一同は、まるで申し合わせたように立ち上がった。

4

車掌の談によれば、怪物は黒い煙がこごったような不定形のもので、獣のような姿になったり、人を思わせる形になったり、また大きな顔に、胴体の膨《ふく》れたツチノコのような蛇にと、めまぐるしく変化するのだという。変化しながら、すでに乗客たちを二人も呑んだらしい。

列車は騒然となった。大挙して逃げ出して来た人たちで、食堂車は満杯になった。

「見に行こう」

円了がとんでもないことをいいだし、こともあろうに、多聞の腕をつかんだ。

「え……」

多聞が「いやだ」ともいえずに、ほかの二人の顔を見渡す。

柳田は他人事のようにうなずいているし、青木は遠慮もなく「いやよ、断じていや」と宣言し、椅子の背にしがみついた。柳田は高齢だし、青木はわがままだし、自分だって十分に臆病なのだが、円了一人を死地に向かわせるのも男がすたる気がする。実紗に見られているわけでもないし、この際、男くらいすたってもいいのだけど。

「はい……」

後部車両へと逃げて来る人の流れに逆らって、狭い通路を前へ前へと進んだ。肝っ玉が縮んでいるので、車輪の揺れに足をとられて、幾度も転びそうになった。

「大丈夫かい？　若いんだから、足腰を鍛えておきたまえ」

「す……すみません」

無人になった車両の真ん中に、それは居た。

まさしく、黒煙のかたまりである。多聞たちが見つけたときは、猿人《えんじん》のような形を成して、寝台車の下段のシートにうずくまっていた。ゴウゴウと、風が吹くような音を発している。それは耳を澄ますと「恨めしい、恨めしい」と聞こえた。

煙の中に二つの小さな裂け目があり、それは黄色く輝き、目のようにも見えた。

目が多聞たちを見る。唸り声が、ひときわ大きくなった。辺りに生臭いにおいがするのは、どうやら、そいつから発せられているらしい。猿人はどろりどろりと形を変え、胴体の膨れた蛇の形になった。蛇は口を開け、長い舌と悪臭のする煙を吐いた。

「せ……先生、円了先生、ヤバすぎます」

「そうだな。よし、見た見た、見たぞ。さあさ、撤収、撤収」

円了は多聞の二の腕をわしづかみにすると、駆け足で元居た方へと引き返す。

臭気と声が追って来た。あいつが動きだす気配を、背中に感じた。

「円了先生、ガチヤバイです！」

「多聞くん、きみの日本語は乱れとる。嘆かわしいぞ」

「す……すみません」

列車までが動揺しているようによく揺れ、逃げる多聞は二度も転んでしまった。

「井上さま、篠原さま！」

車掌がデッキに立って、手招きしている。紺色の制服に、お揃いの色の帽子、立派な口ひげをたくわえた車掌は、子どもみたいに飛び跳ねながら多聞たちを急かした。

車掌が押さえているドアに滑り込む。

「井上さま、あれはなんなのでしょうか？」

車掌がドアに施錠した。

相手は煙だから、ドアに鍵を掛けたくらいでは心もとない気がした。

その車両も今では無人になって、皆はそこから後ろの食堂車や、もっと後ろのA寝台車、展望車へと避難している。

「まあ、来たまえよ」

円了は車掌にも手招きして、食堂車へともどった。

車掌は、同僚に呼ばれて車掌室に向かう。

乗客たちは、怪物から少しでも遠ざかろうと、もっと後ろの車両に移ったのだろう。食堂車は、椅子に腰かけられるくらいには空いていた。

円了はさっきまで自分が飲んでいたコーヒーカップを持ち上げ、空っぽだと知ると、残念そうに形の良い太い眉を曲げた。カップを皿の上に起き、狼狽《ろうばい》している人たちを流し見る。

「いいかね」

そういって、テーブルの上に古びて大きな紙を広げた。地図だった。

「さきほど青木くんが窓を開けたとき、黒煙が入って来ただろう。怪物の正体はおそらく、あれだよ。なにしろ——あの場所はちょうど、松崎村字登戸の淵であったのだ」

「おお、やはり」

柳田が目を輝かせる。

「ちょちょちょちょっと、あたしのせいだっていうわけ？」

青木が声を裏返らせたけど、円了に軽くいなされた。

「だれのせいかは問題ではない。仮にきみのせいだなんとかしろといったところで、きみに何ができるでもない。ゆえに、この問答は時間の無駄である」

「むぎゅう」

青木が変な声を出して、口惜しがっている。円了はおもむろに腕組みをした。

「諸君、敵を知らねば、問題解決はできんぞ」

多聞は、首を傾げる。

「ええと。その、松崎村字……ってのは、どういう場所なんですか？」

「人柱伝説の、猿《さる》が石《いし》川がある村だよ」

非常事態だというのに、円了はどこか楽しげだった。多聞ははらはらしながら、前方のとびらを見た。あの黒いもくもくとした怪物が、今にも入ってきそうで気が気でない。しかし、学者二人は落ち着いたものだ。円了は広げた古地図を前に、滔々《とうとう》と『遠野物語』の話を始める。

曰く――。

松崎村字登戸の淵に、里屋という家があった。

その家のすぐ近くを、猿が石川が流れていた。この川が増水して難儀するので、里屋の主人は川の主《ぬし》に頼んだ。

――川の流れを変えてくれたら、一人娘をくれてやる。

「しますか？　そんな約束」

多聞はつい口をはさむ。青木もうなずいた。

「そのオヤジ、酔っ払ってたんじゃないの？　まさか川の主なんてのが本当に居るとは思わなかったでしょうし」

ところが、川の主は居た。

里屋の願いどおり、一晩のうちに川は流れを変えてしまったのだ。

里屋はあせった。やはり、よもや現実のことになるなど、思ってもいなかった。娘を生贄《いけにえ》にするなど論外である。さりとて、今更、なかったことにしろなどとはいえない。暴れ川を操る川の主との約束を反故にしたら、どんな仕返しをされるのか、想像するだに恐ろしい。

そこで、里屋は、川端で洗濯をしていた女中を、背後から押して川に落とした。娘の身代わりにしたのである。女中は、里屋を呪いながら沈んで行った。

また別に曰く、同じ川で洪水があり、馬喰《ばくろう》の徳弥《とくや》という男の家に水が迫ってきた。

「馬喰って、なんですか？」

多聞が訊くと、柳田が答えた。

「馬商人のことですよ」

「馬、喰う、だから、馬を食べちゃう人のことかと思いました」

「きみは子どもみたいなことを考えるんですね」

柳田に優しくいわれて、多聞はちょっと恥ずかしくなる。円了が、じれったそうにしかめっ面をした。

「話を続けていいかね」

「はい、すみません」

馬喰の徳弥は、川の主に向かって、前述の里屋と同じことをいう。

――川の流れを変えてくれたら、一人娘をくれてやる。

川の主はやはり願いを聞き届けたが、徳弥は娘を犠牲にするなど本心でいったことではなかったので困り果てた。

そこへ、母娘連れのおもらいが来たので、この二人を身代わりにした。川に沈められるときにおもらいの娘が呪ったので、徳弥の家では子々孫々、女の子はその娘が死んだ十八歳までしか育たない。

「じゃあ、あのときに列車の窓から入って来たのは——あの煙の怪物は、生贄にされた人たちの怨霊《おんりよう》？」

多聞は思わず、青木をきつい目で見た。

「なんだって、よりによって、そんなところで窓を開けるんですか？」

「知らないわよ！　だったら、危険だから窓を開けるなってアナウンスでもしてよ！」

そのときに、口ひげの立派な車掌が、早足でこちらにもどって来た。

「怪物に食われたのは、松崎村登戸の里屋徳弥さんと——」

「うわ、『遠野物語』のとおりだ。でも、里屋さんと徳弥さんは、別人じゃなかったでしたっけ？」

口をはさむ多聞を、車掌はあせった様子でさえぎる。

「そして、朝日町寺下の丹野修一さんです」

丹野修一。

展望車で柳田が聞き取りした物語の登場人物と同じ名である。一杯飲み屋の女将の話に、その男は出てきた。よそ者の寅吉を川に落としたという愚連隊のボスだ。

「どうやら、怪物は川に落とされて殺《あや》められた者たちの、恨みの集合体のようだな。里屋と徳弥が一人の人物になったのは、こちらも加害者の集合体だろう。殺した側も殺された者同様、成仏などできん。死後も変容し祟られ続けるのだ」

「マジですか？」

多聞は、唖然《あぜん》と円了を見つめた。円了は、怪事件を合理的に解析する人のはずである。それでもなお、超常のこととしか説明できないものをこそ〝真怪〟と呼んだ。

「いかにも。これは、真怪である」

円了がいいおえる前に、緊迫した悲鳴が聞こえた。怪物を締めだした、前方車両へと続くドアの方からだ。悲鳴のぬしは、多聞にも声でわかった。売り子の瓜子だ。

「助けなきゃ！」

だれが止める暇《いとま》もなく、多聞はドアに飛びついた。車掌が施錠したのは、この前の車両のドアだったので、食堂車のドアは苦もなく開く。開いた眼前に飛び込んで来たのは、輪郭のあいまいな黒い巨大なツチノコに半身を食われつつある、瓜子の姿だった。

怪物は、瓜子を生きたまま嚥下《えんげ》してゆく。

「こんにゃろ!」

多聞は瓜子の両手をつかんで、怪物の口から引き抜こうとした。すぐに、円了と柳田と車掌も加勢する。煙の怪物には歯はなかったけど、唾液《だえき》が口から溢れていた。口臭もすごかった。黒煙そのものも悪臭を放っている。腐った泥のにおいだ。

その黒くてくさい中から、多聞たちは瓜子を奪還した。

瓜子をいたわる寸時の間に、煙の蛇は恐ろしい速度で、元居た方の無人の車両へと逃げ去った。

「きみ、どうして、ひとりで残っていたのだ!」

円了が、瓜子の全身に付いた唾液をハンカチで拭いてやりながら、怒っている。瓜子も、憤然といい返した。

「仕事をしていたんですよ」

瓜子は、車内販売の商品を補充するために、貨物室に居たという。特急ひとだまの貨物室は一号車にあり、出入り可能な構造になっている。車内販売の物品や、超常世界の郵便物、乗客の荷物などが収められていた。

「ううむ」

円了がうなった。

「きみはだれかを川の主の生贄などにしたことがあるのかね？」

「あるわけないでしょー！」

瓜子は頭のブリムを直しながら、怒った声を出した。

「ううむ」

円了は二度うなると、多聞に向き直り、とんでもないことをいいだした。

「怪物は無差別攻撃に転じたようだ。多聞くん、きみ、囮《おとり》になってくれたまえ」

「えー、いやですよ！」

多聞は、瓜子を助けたときの勇気など露ほども残っていなかったので、心の底から拒絶した。

「なんで、ぼくなんですか？　青木さんが招き入れたんだから、責任取ってよ！」

いうやいなや、青木が多聞の胸倉につかみかかった。

「なんですってー！　この外道《げどう》！　悪魔！」

「多聞くん、きみはどこか悲劇が似合うんですよねえ」

柳田がそういって、多聞たちの間に割って入る。青木の肩をたたいて落ちつかせると、多聞の顔をまっすぐに見た。この上もなく、優しい目だ。

「怪物がもはや無差別に食いつくとわかったものの、もう一度、瓜子さんを危険な目に遭わせるわけにはいきません。ほかの乗客に、この役を押し付けるわけにもいきません。そうなると、われわれの中から囮を選ばなければならないが、それにはきみが適任者なのです。怪物に食われて悲しく息絶える、そんな色気がきみにはあります」

「どんな色気ですか！」

多聞は声を裏返らせた。

5

囮となった多聞は、無人の通路をへっぴり腰で進んだ。

貨物室に怪物をおびき出して、閉じ込める作戦だと聞かされた。

――お客さま一人を、そんな危険な目に遭わせるわけにはいきません。

渾身《こんしん》の勇気をふりしぼってそういった車掌が、多聞のジーンズの後ろを両手でつかんで、ついて来る。それでも、自分が代わりに囮になると挙手することはしなかった。まるで、お化け屋敷に入った彼女さんみたいに、多聞を盾《たて》にしてびくびくとついて来る。気持ちはありがたいが、こんなにしがみつかれては、ただの足手まといだ。

車輪の音だけが、やけに大きく響いた。

お菓子の袋や、飲みかけのビール、投げ出した毛布など、人が居た形跡を残しながら、まったくの無人の車両はとてつもなく不気味だった。

自分たちとは別の足音がした。

そう認めたとたん、ひどい寒気を感じ、びくりとして振り返るのだけど、だれも居ない。しかし、何ものかの気配がある。すっかり鼻がおぼえてしまったあの悪臭が、列車特有のかすかなにおいの中に混ざっていた。

（居る——確かに居る）

だけど、見えないのだ。

今すぐ大声を上げて、食堂車に走ってもどりたかった。だいたい、多聞が〝悲劇が似合う〟とはどういう意味だ。こうして生きたまま肉体を離れて四苦八苦しているのだって、悲劇というよりは、喜劇的な顛末《てんまつ》ではないか。愛想を尽かして出て行った恋人の気を引こうと、死ねない薬を爆飲みするなんて。死ねないと高をくって飲んで、結局は死後の世界に迷い込むなんて。

「食われたのは、二人だけなんですね」

黙っているのも苦痛なので、そんなことを訊いてみた。車掌は自分が多聞を守っているというつもりらしく、甲走《かんばし》った声で答える。

「二人も食われたら充分じゃないですか！」

「だけ……ってのは、少ないって意味じゃなくて。つまり、確認です」

「これは、失礼いたしました」

車掌がそういったとき、さっきからただよっていた気配が、すうっと消えた。それはやはり蛇のように、多聞たちが目指している先頭車両の方へと滑りぬけて行ったような気がした。

（先回りされている——待ち構えられている）

つまり、こちらの意図を読まれている。

緊張する多聞に、車掌が最前の問いに答える。

「はい、確かに里屋徳弥さんと、丹野修一さんのお二人です」

「だけど、瓜子さんも襲われた。今、ぼくたちにも、しっかり食いついて来てますよね。やっぱり、無差別に暴れてるんだなあ」

そして、一両目の車両——貨物室に着いた。

そこには、怪物がとぐろを巻いている。そう覚悟してドアを開けたのだけど、居たのは普通の人間——多聞の知る人間——展望室で柳田に話を聞かせた行商人だった。

しかし、その男の全身からは、煙の怪物と同じ泥のにおいがただよっていた。

「あなたは——人柱にされてしまった人、でしたよね」

今の今まで、あの行商人の話を、多聞は信じていなかった。人柱にされたといいつつ、今も行商人の仕事をしているらしいことが、その理由だ。しかも、多聞が生身の存在でないように、この男も霊魂だということを失念していた。

さても、怪物の正体は、川の主に捧げられてしまった無辜《むこ》の第三者の集合体だと円了がいった。だとしたら、その核になっていたのは、この男だったのか。明治の物語にひそんだ霊たちは、昭和に起った悲劇に相乗りした。

「いかにも、そのとおりですよ。わたしが怪物です。わたしが、無念の同朋たちの恨みを背負い、二人を食いました。あんた方を食ってから、成仏しようと思います」

「いやいやいやいや、食べ過ぎは良くな……」

いい終える前に、行商人の下半身は黒煙の蛇になって、多聞に躍りかかって来た。

車掌は相変わらず子取り鬼をしているみたいに、多聞のジーンズの後ろにつかまって、悲鳴を上げながら逃げ惑う。多聞たちは、せまい貨物室を逃げ惑った。行商人は煙になったり、人の姿にもどったりしながら、二人を追い回す。

荷物が倒れ、車内販売用のコーヒーの入ったポットが横倒しになり、茶色い液体が血のようにゆかに伝った。それにつまずき、多聞が転ぶと車掌も甲高い声を上げて転んだ。

行商人は、首から下が黒い蛇になった姿で、いらいらと多聞に話しかける。

「あんた、わたしらのお仲間だろう。こっちに来いよ。いっしょに人を食おうよ。あんたの後ろについている、その髭《ひげ》の車掌を食おうよ」

「ひっ……！」

それが車掌にとって耐えうる恐怖の限界だったようだ。甲高い切れ切れの悲鳴を上げると、多聞から離れて、転げるように貨物室から走り出る。悲鳴が遠ざかるので、後部車両に向かって突進する勢いで逃げて行くのが、わかった。

「ぼくは確かに、囮にされた貧乏くじ野郎かもしれませんけど、そもそもそっちが人を食うとか非常識なことをするからじゃありませんか。それで仲間呼ばわりは、納得いかないです。ぼくは――」

怪物になるわけにはいかない。

現世にもどって、実紗に会わなければならないのだ。

そう口にするのも、この相手には酷だろうか。

そう思ったとき、貨物室のドアが開いた。

やせ我慢を掻《か》き集めて車掌がもどって来たのだと察して振り返らなかったが、どうも気配がちがう。ドアから来た人物は怯えていなかった。円了たちの援軍がやっと来てくれたのかと思って見たら、そこには思いがけない人が居た。やはり、展望車で柳田に身の上を語って聞かせた一杯飲み屋の女将だ。

「お――ま――え――」

黒煙の怪物は、狼狽した。

行商人は、豪農の女中――ツチノコ――おもらいの子ども――巨大な蝦蟇《がま》――と、次々に姿を変え、黒煙の怪物にもどると、太くて長い舌を伸ばして多聞を捕らえようとした。

女将が、多聞を突き飛ばして、自らが舌に巻き取られる。

「寅吉さん、あたしを捜していたのでしょう？　さあ、いっしょに参りましょう。今度こそ、二人で参りましょう」

洗濯をするために着物の裾をからげた女中、おもらいの親子、村八分の若者、旅芝居の役者――。黒煙の怪物から、いろんな人間がはがれて、気体になって消えた。

「あ……」

食われた丹野修一と里屋徳弥も現れたが、この二人は消えなかった。全身からくさい泥を垂らしながら、悲鳴を上げて通路へと逃げる。

最後に現れた行商人姿の寅吉と、一杯飲み屋の女将は、メロドラマの主人公たちのように互いを抱《いだ》き合った。

その姿が、透明になり、消える。

そう思った寸前、乱入して来た者がある。登天郵便局貯金係長の青木だ。

「ちょっと、ごめんなさいね。はい、ちょっと、どいて、邪魔だわ」

青木は多聞を突き飛ばすと、半透明になった二人に、慌ただしく何かを渡した。パソコンのソフトで手作りしたらしい、パンフレットだった。

——浮遊霊応援キャンペーン実施中！ 赤井局長謹製ミニバラの鉢プレゼント！

——登天郵便局は、死神なし、面倒なしの、セルフサービス成仏スポット！

——各界から絶賛［ウワサの！］天国のお花畑が、あなたを優しく迎えます！

——旅立ちの前に、功徳《くどく》通帳の記帳をお願いします。

——登天郵便局へのアクセスは、こちらから！（地図）

「なんですか！」

あやうく転びかけた多聞は声を荒らげたが、半透明のカップルは二人仲良く頭を寄せ合って一枚のパンフレットを覗き込み、嬉しそうにささやき合った。

「二人で逝ける」

「二人で逝ける」

二人は同じ言葉を唱え、そして消えた。残っていた黒煙の臭気も、掻き消えた。

パン、パン、パン、パン！

拍手が響いた。

振り返ると、円了が落ち着き払った笑顔で出入り口に立っている。

「きみ、なかなか大した囮っぷりだよ」

「円了先生——居たなら、助けてくださいよ」

非難の言葉をもらしながら、多聞は板張りの床にぺたりと尻を着いた。腰が抜けたのだ。

＊

夜が白みかけているころに、自分の座席にもどった。

怪物の怨念の残滓《ざんし》が、どろのように全身にへばりついていたので、ラウンジカーにあるシャワーを使った。今の多聞は魂だけだというが、汗もかくし汚れもする。腹も減るし、トイレにも行く。眠くもなる。

髪の毛を乾かすのも面倒で、よろよろと上段の寝台に這い上がった。下段では柳田と円了が、上段の向かい側では青木がそれぞれユニークないびきをかいて眠っている。

「今からじゃあ、二時間くらいしか眠れないなあ」

「ご心配なく」

わざわざはしごを上って毛布を掛けてくれた車掌が、さっきとはまったく別のいんぎんな態度でいった。

「当列車では、〝個人時間〟というものを採用しております」

「個人時間？」

寝台特急ひとだまでは、時間の概念が現世とはちがっている。

たとえば、A氏にとっての午前零時と、B氏にとっての午前零時は同じ時間ではない。それぞれの人が、それぞれの時間を所有しているのだ。したがって、午前四時から八時間眠っても、午前六時に起きられる。

「だまされたと思っておやすみなさい」

そういって車掌がはしごを降りるまで、多聞の意識はもたなかった。一瞬のうちに眠りにつき、身じろぎすらせずに八時間眠る。起きたら時計は朝の六時をさしていた。濡れていた髪の毛はすっかり乾き、鶏のとさかのような寝ぐせがついていた。

第三章　ジョカ捜し

1

午前七時二十分、ひとだまは終点の上野の博物館動物園駅に着いた。平成九年に営業をやめ、平成十六年に正式に廃止になった駅だ。寝台特急ひとだまは、廃駅をつないで走る異界の列車である。広告もキヨスクも自動販売機もないホームに着いたとき、多聞は自分の身が置かれている非現実的な現実を改めて思い知った。

乗客たちは、多聞のような〝おのぼりさん〟も居れば、旅慣れた人も居る。柳田や円了は快活に下車して、東京の雑踏の中に消えて行った。

「またのご乗車をお待ちしております」

昨夜の災難など忘れてしまったように、瓜子が明るい声でいって、多聞を列車から追い出した。多聞はまず、蘇利古村の村長に持たされた心づくしの大荷物を、コインロッカーにあずけた。

「ええと……」

都会の廃駅は、亜空間のような不思議な趣《おもむ》きがある。かつてはどこもかしこも人で溢れていたはずなのに、今はただひっそりとした空間は、ぜいたくでもあり、不気味でもあった。多聞たちをここに連れて来た列車までもが、来た線路をさっさと引き返してしまう。

スマホを使って電話を掛ける青木の声だけが、ホームに響いた。

蘇利古村の村長は、この巨大都市の中からジョカを見付けろという言葉ばかりはくれたが――その手助けになるはずの青木は、まったくあてにできそうにもない。ここに居ても仕方がないと心を決めて階段を上りかけた多聞を、後ろから追いかけて来た青木が、襟首をつかんでとめた。

「一人でどこに行く気なのよ！　なんにもできないくせして、勝手なことすんじゃないわよ！」

つまり、助けてくれるということか。

青木は多聞の襟首をつかんだまま、階段をのぼり出した。多聞は犬のようにひっぱられて後に従う。青木の電話はまだ続いていた。

「いいから、さっさと来なさいよ！　あんたに選ぶ権利なんかないのよ！　あ、それから、着替えを持って来るのよ。じゃないと、裸にひんむいてやる！」

ひょっとしたら、ジョカ本人に電話をしているのだろうか。

それにしても、青木の意地悪は多聞ばかりに向いたものでもないらしい。そもそも、電話の相手は、多聞のせいで青木の罵言を浴びせられているのだ。それは、これから彼を助けてくれるジョカ本人かもしれないのに。多聞は、いたたまれない気持ちになって辺りを見渡した。

今は使われていない博物館動物園駅の出口は、西洋の霊廟《れいびょう》を思わせる石造りの建物で、駅の敷地内に植わった樹木の黒ずんだ緑と、現役の郵便ポストのコントラストがあざやかだった。

電話が終わった青木に、訊いてみる。

「今の電話の相手は、ジョカさんですか？」

「教えない」

青木はプイッと顔を背けると、道を渡る。

「ぐずぐずしてんじゃないわよ」

「ちょっと、離してくださいよ。目立ってますよ、見られてますってば」

まだ襟首をつかまれたままの多聞は、懸命に振りほどいて、通行人の好奇の目にびくびくした。

「暑くて、死ぬわ」

青木はいい捨てると、カフェの中に入って行く。

青木は抹茶ラテを、多聞はアイスコーヒーを頼んだ。来店する女性客の服装をいちいちチェックする青木に呆れ、それでも案外と鋭い指摘に内心でうなずきながら、多聞はわけもわからず待った。ジョカが来るなら、もう少しの辛抱だと自分にいい聞かせる。アイスコーヒーはすぐに飲みつくして、大量の氷がグラスに残った。それを口に入れて、ガリガリと嚙み、体が冷えてトイレに行った。出て来たタイミングで、待ち人もやって来た。

「わー、青木さん、おひさしぶりですー」

それは、多聞と同年代の短髪の女で、美人でないけどどこかとぼけた感じの愛嬌があった。出合い頭《がしら》に思わずハグして、肩をたたきあったり、両手で握手したくなるような、そんな雰囲気を発散している。女は実際、青木をハグしようとして突き飛ばされ、大笑いしながら青木の肩をバンバンたたいた。持って来た紙袋が、がさごそと揺れた。

「あの……こちらが、ジョカさんですか？」

多聞がおずおずと訊くと、女は自分の鼻のあたまをゆびさしてから、大真面目な顔でその手を横に振った。そして、バッグから名刺入れを取り出す。

——ニッポン甘味・総務部庶務係　安倍《あべ》アズサ。

ニッポン甘味といえば、コマーシャルで見たことがある。

往年の悪役俳優が、

——ニッニッニッポン、カンカン甘味。世界中に、日本のお菓子を届けます。日本中に、世界のお菓子を運びます。お菓子のことなら、カーンミ、ニッポン甘味～。

という歌を歌いながら、お菓子の家の壁のクリームを舐《な》めるという、ある意味で記憶に残る——というか歌が頭を離れなくて迷惑なコマーシャルを流している会社だ。

「どうも、篠原多聞といいます」

アズサが目をパチパチさせて、もの問いたげな顔付きをした。

「で？　いったい、何があったんです？」

「まあ、聞きなさいよ。このマヌケ男の話」

青木はひとくさり、多聞の事情を説明する。間に罵詈雑言を大量にはさんで、青木は多聞の自業自得物語を語って聞かせた。

「なるほど、そのジョカさんって死神を捜すわけですか。死神だけど、見たところ人間と同じなんですね。そりゃあ、やっかいだ」

「よこしなさい」

青木は、アズサの手から紙袋をひったくる。覗き込むと、アズサのものらしい洋服が入っていた。

「今日中にジョカって女を捜して。あたしは明日の列車に乗らないといけないから、今日中に見つけないと影武者《かげむしゃ》をしてあげられないわよ」

「別にいいですよ。有休とりますから」

「有休？　馬鹿じゃないの？　あたしが影武者してやるっていってんのよ」

「影武者？」

多聞が口をはさんだ。

「まさか……アズサさんに成りすまして、ニッポン甘味に出勤するわけじゃ……」

「するわけなんですよ、青木さんは」

アズサが、後頭部の髪の毛をがりがりと掻いた。

「青木さん、女装に味を占めましてね。何かってと、あたしの服を着たがるんですよね」

「げげ」

たじろぐ多聞の足を、青木が思い切り踏みつける。

「げげとは何よ、げげとは。それがひとに無理難題を頼む態度なの？」

「あ……いえ……」

「このコザルは、探し物が得意という変な女でね。まあ、だいたいのものは見付けちゃうのよね。だから、安心して任せておきなさい」

「だけど、青木さん。たった一日で、この東京で人探しなんて……」

文句をいいかけたアズサを黙らせて、青木は多聞をうながした。蘇利古村の村長からあずかってきたスナップ写真を渡す。十年前のジョカが写った写真だ。しかもスナップだから、さほど明瞭でもない。

「あんまりにも無茶過ぎて、怒る気にもなれません」

アズサは意外にも楽しそうにいったが、内心では怒っているのかもしれない。

「怒られてたまるもんですか」

青木が鼻で笑った。

「あたしが影武者してやるおかげで、あんたは有休を無駄にしなくて済むのよ。感謝されるべきだわ。だいたいね、この人間だらけの街で人間を捜せといってんじゃないのよ。探す相手は死神なのよ。そんな珍しいものを捜すんだから、簡単じゃないの」

「いくらあたしが探し物上手でも、そんな簡単に人捜しができるなら、会社辞めて探偵になりますよ」

「じゃ、なったらいいじゃない」

青木は紙袋を持ってトイレに消えた。しかも、女子トイレにだ。当然のことながら、キャーキャーと悲鳴が上がった。やがてその女子トイレから、女装した青木が現れる。なぜだかわからないが、多聞以外の人はその姿を見ても平然としていた。多聞は絶句し、アズサはあきれ顔である。

「じゃ、行ってくるわねえん」

青木は昨日の昼に会って以来、初めて見せる笑顔で身をくねらせると、店を出て通りの向こうに消えた。抹茶ラテの代金は、多聞が払わされた。

「青木さんは、これからうちの会社に出勤するわけですよ。安倍アズサとして」

そんなアホな、と思ったが、アホなことを頼んでいるのは多聞の方だ。

「あの——死神なんて聞いて、驚かないんですか？」

おずおずと訊いてみた。アズサはあまり驚いている様子ではない。真面目な顔をして、二度うなずいた。

「そりゃあ、驚いてますよ」

会計を済ませて店を出ると、多聞はアズサに付いて道を歩いた。向こう側から早足で歩いて来た人にぶつかりそうになり、多聞は慌ててわきに退く。

「それから、多聞さん。お気付きではないかも、ですけど、あなたは今、幽霊状態なので、ほとんどの人に姿が見えてないんです」

いうなり握手をされたが、その手が透けた。多聞は仰天したけど、アズサは慣れた様子だ。

「あの——アズサさんも、死神とか幽霊なんでしょうか？」

「いいえぇ、普通の平凡なＯＬですよ」

「だったら、なんで、驚かないんです？　ていうか、青木さんの女装にも驚いてませんよね？　ていうか、青木さんの女装、だれも驚いてませんよね。いやいや、それより、アズサさんは、幽霊とか死神とか聞いても平気じゃないですか？　ぼくなんかもう、びっくりして——」

「慣れ、ですかね。びっくりも、続くと慣れるんです。登天郵便局でアルバイトしていたので、一生分のびっくりを使い果たしたって感じです」

「登天郵便局っていうと――」

青木が貯金係長をしているという郵便局――登天郵便局は、死神なし、面倒なしの、セルフサービス成仏スポット！　列車の中ですったもんだの末に消えていったカップルに、青木が渡したパンフレットの文句が頭に浮かんだ。生身の人間が、そんなところでアルバイトができるとは、多聞はまたもやびっくりする。

アズサは、ワゴン車の屋台でサンドイッチを買った。

「じゃあ、朝ごはんを食べましょうか。腹が減っては、いくさはできん、です」

二人で、上野公園のベンチに腰掛け、サンドイッチを食べた。

「だけど、どうして死神の村になんか行っちゃったんです？　それこそ、びっくりですよ」

「彼女が出て行っちゃったわけです。彼女の気持ちを取り戻そうと、自殺の真似事をしたら――気がつくと蘇利古村に居たんです」

「あらー。それはー」

説教されるかと思いきや、アズサは真面目な顔でサンドイッチをほおばっている。

「多聞さんが思い出してないだけで、もっと大変なことがあったのかもしれませんよね。ともかく、できる限りのことはしましょうよ」

そういって、アズサはコーヒー牛乳をぐびぐび飲んだ。

「アズサさんって、すごく話のわかる人なんですね」

多聞は感激した。

しかし、たとえジョカが骸骨《がいこつ》のからだに黒いマントを着て大きな鎌なんか持っていたとしても、この広い東京でどうやって見つけ出せばいいのか、多聞は途方にくれるばかりだ。いわんや、ジョカは骸骨どころか普通の美人だ。

「行きましょう」

スマホをいじっていたアズサが、唐突に立ち上がった。その目に確信めいた力を感じて、多聞は意外そうに尋ねる。

「どこへ?」

「新宿に、ジョカっていう占い師の自宅があります」

アズサは、スマホをぐいっと突き付けてくる。

――世紀の魔女ジョカの予言～新宿から世界を見る。生と死を、四次元を、ジョカは見とおす。ようこそ、ジョカの完全占いの館へ――

手作り感のある、稚拙なデザインで時代遅れな感じのするサイトだった。

黒い背景に、赤い炎が揺れるアニメGIFが張りつけてあり、ベールを深くかぶった女のイラストと、電話占いのための番号（080から始まる携帯電話の番号である）、そして自宅の住所まで記されていた。

「普通、こういうのに自宅の住所まで書きますかね？」

「新宿に住んでいるという、ステイタスを強調したいんじゃないでしょうか？」

「なるほど」

探し物上手なのにネットで検索とは安直すぎる気がしたが、現にこうしてサイトが見つかった。東京中をあてもなくさまようのかと思っていたのだから、これはすごい快挙である。もちろん、人ちがいでなければ、の話だが。

サイトの「プロフィール」を開いてみた。

顔写真が載っている。

「やった、ジョカだ！」

あのスナップ写真の美少女が、遠慮会釈なく大人の女に変貌を遂げた姿がそこにある。つまり、厚化粧の美人だ。

岩佐という苗字はなく、ただ〝ジョカ〟とだけ太字で書かれていた。

その下には、肩書きが長く続いている。

占星術師、陰陽師、霊媒、風水師。――占い師だから、ここまではうなずける。神秘コーディネーター、フォトセラピーアドバイザー、アロマテラピーアドバイザー。――このあたりに来ると、首をかしげたくなる。野菜ソムリエ。――もう、なんだか、わからない。

(限りなく怪しげ)

多聞はアズサにスマホを返した。

「でも、新宿って――」

多聞は無事に生きている、いるときも、新宿は鬼門だった。駅前など、地上に居るのか地下に居るのか二階か三階か、普通に歩いていてもわからなくなる。歌舞伎町に新宿二丁目、名にしおう歓楽街は、遠目に見ただけでもビビってしまう。地方から来た者には、迷宮の魔境なのだ。

「ご心配なく」

アズサがそういってバッグから取り出したのは、まったく予想もしていないものだった。ダウジングの棒である。

「それを、使うんですか?」

道に迷うよりも恥ずかしいと思った。

2

いざ行ってみたジョカの住まいは、高層ビル街か魔境かというと、魔境の方に近かった。

大通りから離れた路地に建つ細長いマンションで、通路もベランダも日当たりが悪く、一戸あたりの面積が、外から見てもとてもせまいことがわかる。くわえて、ひどく古かった。モルタルを塗った灰色の壁は一面にひび割れがして、エントランスのコンクリートの床が劣化して、砂や砂利《じゃり》と化している。おまけに蛾《が》とゴキブリが死んでいた。

「うひゃー、迫力ありますねー」

途中で止まりそうなエレベーターの前に立ち、アズサはダウジングの棒をキュッキュと動かした。ここまで来られたのは、ダウジングではなく、スマホの地図アプリのおかげであった。

ジョカの住む八〇五号室には、彼女の苗字である〝岩佐〟とPOP体で印刷された名刺大の厚紙が張ってあった。呼び鈴を押したが鳴っている気配はなく、ドアをこぶしでたたいてみた。やはり反応がなかった。

ここで待つか、近所の飲食店にでも聞き込みに行くかと思案していたら、後ろから声を掛けられた。

「あんたら、あの女の知り合いか？」

それは低くてしゃがれ気味の迫力ある声で、振り返ってみたら黒光りするスーツを着た強面《こわもて》の男が居た。胸の中で心臓が跳ねた。反対に、アズサは地獄で仏に会ったように、嬉しそうな顔になった。

「ジョカさんに用事があるんですか？　ジョカさん、今、どこに居ますか？」

「知るか。知っていたら、あんたらに声なんか掛けない」

男はポケットから煙草《たばこ》を取り出して、金色のライターで火を点けた。高そうなライターだった。アズサはその様子をじっと観察している。

「ひょっとして、借金取りですか？」

「だれがどう見ても、そうだよなあ」

強面の男は苦笑した。笑うと、ますます迫力が増した。

「あの女、あっちこっちから金を借りまくって、利息も入れたら一億くらいになってるんじゃないのか？」

「いーちーおーくー？」と、アズサ。

「なんで、そんな……」

多聞は気後れしていたのも忘れて、茫然と尋ねる。

「知るか」

「ジョカさんの行きそうな場所を知りませんか？」

アズサは、ダウジングの棒をクイッ、クイッと動かした。

「知るか」

男は繰り返してから、改めてこちらを眺めまわす。

「ところで、あんたたち、何者だ？」

「あたしは部外者で、こっちの人はジョカさんの実家から捜しに来たっていうか？」

「あんにゃろ、実家があるのかよ。どこだよ」

男の目が多聞の顔に定まる。多聞は縮みあがった。だから、馬鹿正直なことをいってしまう。

「蘇利古村っていう死神の住む異次元の村で。かなり、ヤバイところです」

男は眉をひそめ、なぜか同情するような顔をした。正気を疑われているんだと気付き、多聞は弁解の言葉も見つからず、赤面する。そして頭の隅で、自分が幽霊と同じ状態であることを思いだした。姿を見られているということは、この男は霊感があるんだなと思った。

「この様子から見ると、ジョカさんは逃げてしまったみたいですね」

アズサは、反応のないドアをもう一度たたいてみる。

「サイトには占星術師って書いてあったけど、ジョカさんが占いのお仕事をしている場所とか知りませんか?」

「知っていたら、こっちがとっくに行ってるよ」

「ですよね。一億円ですもんね」

多聞は自分のスニーカーのつま先を見ながら、ぼそっといった。それがよっぽど哀し気に見えたのか、男は同情したように付け足す。

「ま、一億円っつうのは、うちの借金だけじゃないけどな。全部合わせて、それくらいになるって意味さ」

「はあ」

「そうだ。あの女、少し前までは、三丁目のツィゴイネルワイゼンって喫茶店で占いをやってたぞ。占いの客が来ないから、ただのウェイトレスだったけどな」

「うわー。サンキューです」

アズサが、ペコリと頭を下げた。多聞もそれにならって、思春期の少年みたいにもじもじとお辞儀をした。男は意外と気の好さそうな笑い方をして、「まあ、がんばれよ」といった。

＊

ツィゴイネルワイゼンというのは、昭和に全盛だった純喫茶という趣きの店だった。

東京の店にしては店内が広くて、テーブルの配置がゆったりとしている。遺跡みたいなこの店が生き残って来られたのは、ひとえに営業努力のたまものだった。二十四時間営業と、幾重にかさなるメニューの多さを誇っている。

アズサは目を輝かせてスペシャル・トロピカル・パンケーキを注文した。多聞は抹茶大福セットを頼んでみる。カウンターの中で、白髪のマスターが人懐っこそうな態度で、こちらの問いに答えた。

「ああ、ジョカちゃんね。借金一億円って聞いたけど、本当だったんだあ？　てっきり、一億なんて冗談だと思ってたよ」

借金の取り立てが、ここにも来るようになり、ジョカは電話一本で店を辞めたという。

「彼女の占いはよく当たったらしいんだけど、うちは食い気だけの店だろう？　ジョカちゃんの占いを目当てに来る人は、ほとんど居なかったね。ただ、あの人、美人でしょう。愛嬌もあるし、あんな趣味さえなければね――」

マスターが声を潜めるので、多聞たちは身を乗り出した。アズサの前に、トロピカルフルーツがてんこ盛りになったパンケーキがおかれた。

「はい、彼氏には抹茶大福セット」

多聞に渡されたのは、丼くらいの大きな茶碗の中で、なみなみと泡立っている抹茶と、五個の大福だ。

「多い……」

「それで、あんな趣味とは？」

アズサが訊くと、マスターはくちびるに手を当てて「内緒だよ」と念を押した。初対面の客にいうくらいだから、だれに対しても同じなのにちがいない。

「ジョカちゃんさ、ホストに入れあげてたんだよ」

「ホストって――」

「ウルフヘアで――」

「ドンペリでシャンパンタワーとかしている人ですか」

多聞とアズサが頭の中にあるステレオタイプのイメージを口にすると、マスターは大きくうなずいた。

「ジョカちゃんには、ひいきのホストが居たらしいんだ。担当っていうんだってさ。その担当を、ナンバーワンとやらにしてみせるといって、大枚《たいまい》をつぎ込んでたんだ」

「それで一億円も借金を？　でも、まさか」

「まさかじゃないよ、あんた。五百万円とか六百万円をさ、一晩で使っちゃうこともあったらしいよ。そういうお客を、そういうお店ではエースって呼ぶんだとさ。エースになるのは、客にとってすごい名誉なことなんだって。ちょっと、その感覚ってわからんよね」

「わかんないですね」

多聞はそういって、アズサを見た。

「あたしはケチだから、お金は自分のために使いたいです」

「それが人情ってもんだよ。——いらっしゃいませ」

マスターはテーブル席に座った客に水を運んでから、そそくさともどって来る。

「もちろん、占いだろうが、うちのバイトだろうが、そんなお金なんか稼げるわけないでしょ。だから借金だよね。借金というのも、続けると麻痺するんだろうね。それで、一億かい……」

マスターは嘆かわしいというように長い息をつくが、少しだけ楽しそうだ。

「マスターは、そのごひいきのホストさんがだれなのか、わかりますか？」

「TOYSって店の響生《ひびき》くんだって」

アズサが手帳を出してメモしていると、もの慣れた雰囲気の客が、扉を開けしなにマスターに声を掛けた。

「よお、マスター。ジョカちゃん、居る？」

デニムのスーツを着た、四十歳くらいの洒落者《しゃれもの》だった。歯が白くて、俳優みたいである。

このマスター、どうやら人の不運が楽しくてたまらないタイプのようだ。洒落者のお客が無駄足を踏んだことに、にやにや笑いを浮かべた。

「ジョカちゃん、お店を辞めたんですよ」

「そんな……」

俳優みたいな洒落者は、よっぽどのショックを受けたみたいだ。テーブルに着こうとはせずに、戸口から引き返してしまった。

「今の人、ジョカちゃんの占いのファンなんだ。NAGASEデザインスタジオの社長だよ」

マスターは、得意げにキュッキュッと音を立ててグラスを磨いている。

「長瀬社長みたいな、良いお客もいるんだよなあ。占いのファンっていうより、ジョカちゃんのファンなのさ。その気になったら、玉の輿だろうにさ。惜しいよなあ」

またしても、全然惜しくなさそうな顔つきでいうのだった。

3

TOYSの響生は、霊感のない男だった。

中野のマンションを訪ねると、彼はアズサしか見えていない風にふるまった。実際に見えていないのだ。借金の取り立ての男にも、喫茶店のマスターにも、多聞の姿が見えていたから、自分が幽霊同然の存在であることを失念しかけていた。響生に存在を無視されて、多聞は今さらながらに、自分ののっぴきならない立場を思い知った気がした。

そんなわけで多聞は居るけど居ない存在だったから、アズサが響生の部屋に上がったときには、この男め、アズサさんに変なことしたら取り憑いてやるぞと、物騒なことを考えた。そんな心配は要らなかったのだが。

「おじゃましまーす」

「片付けてなくて、すいません」

いいや、響生の部屋はインテリア雑誌のグラビアみたいに、片付いていた。そして、実に感じ良く応対してくれた。彼の生活を支えているジョカの知り合いとなれば、感じ悪くもできないだろう。そもそも、感じ良くすることにかけては、ホストというのはプロ中のプロだ。

「コーヒーでいいっすか？」

「コーヒー、二杯ください」

アズサは多聞の分も頼んでくれた。

「へ？」

「二杯、飲みたい」

にこにこしている。案外と図太い。

「お……オッケーっすよ」

響生は少したじろいで、自分に一杯、アズサに二杯、真っ白いカップにコーヒーを注いだ。彼は、多聞やアズサの脳内にある〝ホスト〟というイメージにたがわない、体脂肪の少なそうなうすい胸と、細長い脚、栗色のウルフヘアに、美しい顔立ちの男だった。多聞としては、出合い頭に「ちゃらちゃらすんな」とどやしつけたくなるようなタイプだ。だから、会った瞬間に響生がきらいになった。男にとって、一番シャクに障る相手というのは、優男《やさおとこ》なのだ。

「おれ、ホストは本業じゃないっすよ」

ちゃらちゃらした響生は、意外なことをいった。

「では、本業は何を？」

「学生です」

「あー、本がいっぱいありますもんね」

この優男にとってホストは世を忍ぶ仮の姿で、その正体は理系の大学院生だった。ロボット工学を勉強中で、ホストは学費を稼ぐためのアルバイトだという。多聞など足元にもおよばない秀才で、かつ苦労人なのだ。

「本は向こうの部屋にも、もうぎゅうぎゅうになるくらいあって――」

マンションは２ＬＤＫで、ナンバーワンホストにしては、質素な暮らしに見えた。

多聞とアズサは白い革張りのソファに並んで座り（多聞の姿は見えていなかったけ

ど）、電話のジャックのそばに置かれた小さめの木の机を見た。黒いデスクトップパソコンが載っていて、かたわらの合板《ごうはん》の本棚には大量の本が詰め込まれていた。リビングのとなりに間仕切りなしに五畳ほどの板の間が続き、そこに小さめのテレビとベッドが置いてある。本来は寝室用に作られた部屋は、本で埋まっているのだそうだ。

「東京で自力で生きていくのって、厳しいっすよ」

そういう響生は、黒のタンクトップに、肩の一方がずるりと下がったサマーセーターを着て、ビンテージジーンズを合わせている。生きていくの厳しい？ナンバーワンホストが何をいうか。頭の先からつま先まで、チープそうに見えて、その実、まるでモデルみたいな風采ではないか。クーラーもビシバシ効いて、まるで春先みたいな室温ではないか。そんな涼しい部屋で、響生に見つからないように飲むホットコーヒーは美味かった。

しかし響生は童顔で、ホストとして天下をとっても三日天下で終わりそうにも思えた。その先の人生は、可愛いとっちゃん坊やの日々が死ぬまで続くだろう。会ってすぐ反感を持った多聞は、早くそんな日が来ればいいと呪った。

多聞の嫉《そね》みなど知るよしもなく、響生は生活の苦労を強調している。

「おれは実家が貧乏だから、そこから抜け出したくて勉強しているんだけど、その勉強ってのにお金がかかるわけでしょ」

そういってから、響生はアズサの方を見て深く頭を下げた。

「でも、ジョカさんのおかげで、すごく助かってるんです」

ジョカに一億円を使わせた響生は、ホストクラブの少なからぬ給料を無駄遣いせずに貯めているのだそうだ。だったらジョカに返してやれと、多聞は思った。しかし、それは多聞が抱えるのとは、また別の問題だ。

「ジョカさんは、今、どこに居るかわかりますか？」

アズサが訊くと、響生は不思議そうな顔をした。

「どこって——今も普通にお店に来て、普通にお金を使ってますよ。一昨日はぼくの誕生日で、シャンパンタワーをプレゼントしてくれました」

「ちなみに、シャンパンタワーって、どれくらいするんですか？　つまり、お値段は？」

アズサの質問は、まったく興味本位らしい。

「百万円ってのもあるんですけど、ジョカさんからいただくのはだいたい六百万円くらいかな。エースとしては、そのレベルじゃないと面子《メンツ》が立たないっていうか」

「ろっぴゃくまん」

アズサと多聞は顔を見合わせる。一億円の借金をして尚、一晩で六百万を使わねば面子が立たないとは――。

「あなたもジョカさんも、金銭感覚おかしいですよ」

アズサが遠慮なくいった。

響生は考え込み、「です、よね……」と、のろのろといった。

「ジョカさんに会いたいんです。連絡をとってください」

今度も、アズサは有無をいわせぬ調子で迫る。響生は逆らわなかった。

＊

ジョカには、あっさりと会えた。

響生にカフェに呼び出してもらい、その場に多聞たちも居合わせたのである。

ジョカはサイトに載せている写真よりも、美人だった。華やかな造作なので、いささか化粧が濃すぎて素顔の良さを損なっているように見えなくもないが、それでも多聞がかつて会ったことがないくらい美しい女性だ。

その整った顔が、多聞とアズサを見て怪訝《けげん》そうにゆがんだ。響生に呼ばれて「ルンルン」とやって来たのに、おじゃま虫が二人も居たのだから、機嫌も悪くなるというものだ。さらにジョカを怒らせたのは、響生が立ち去ってしまったことだった。

「ジョカさん、またお店に来てね」

「え、ちょっと、待ってよ」

ジョカが呼び止めたけど、響生は振り返りもしない。あっさりとしたものだ。それで完全に頭に来て、ジョカは邪険な視線をこちらに向けた。

「何よ、あんたたち」

「こちらの篠原多聞さんが、蘇利古村からあなたを迎えに来たんです」

気を呑まれる多聞に代わって、アズサが口火を切ってくれた。

ジョカは、アイラインで隈どった形の良い目で、多聞をはたとにらむ。

「あんた、死人？」

「いえ——」

多聞はジョカの射るような視線から目をそらし、自分のひざを見ながらぼそぼそと話しだした。

自分は地方都市で暮らすフリーターであること。

失恋をした腹いせに自殺未遂をして、幽体になってしまったらしいこと。

死んでいないのに、死者が行く蘇利古村に連れていかれた。いや、気が付いたら、蘇利古村に居た。

担当死神の伸作が行方不明なので、蘇利古村の村長も対処のしようがない。つまり、多聞を現世にもどせない。だけど、多聞は現世にもどりたいのだ。村長はそれは無理だといった。しかし、歴代随一の死神であるジョカならば、なんとかできるかもしれないともいった。

「だから、蘇利古村からひとだまっていう寝台特急に乗って来たんです」

「こっちは、あんたの望みなんか聞き届ける義理はないんだけど」

「そこを、なんとか……。いっしょに蘇利古村に来てください」

ジョカは目を合わせようとしない多聞をいらついた目でにらみつけ、「ふん」と鼻から息を吐いた。

「いやよ。あたし、これから用があるのよ」

「借金、一億円ですよね。返すあてでもあるんですか？　蘇利古村に逃げちゃった方がいいのでは？」

アズサが助け船を出す。

「あたしに、借金を踏み倒せっていうの？」

ジョカは呆れたようにいって、アズサを見た。

「ところで、あんたはだれなわけ？」

「こちらの方のサポーターです」

「だったら、ここのお勘定をお願い」

ジョカは無遠慮に勘定書きを押し付けると、ヒールを鳴らして店を出てしまう。多聞たちは慌てておいかけた。

「待ってください。あなたを捜すために、蘇利古村から来たんです」

「こっちは、あんたなんかに来てくれなんていってないわよ。あんな田舎に帰るなんて、絶対にいやだから。あたしには響生が居るのよ。響生はあたしが居ないと、ナンバーワンの座から追われるのよ。あたしだって、せっかく勝ち取ったエースという立場を捨てて、あんなチンケな村になんか帰る気ないから」

ジョカの頭の中は、TOYSの上客でいることへの執着よりほかはない。そうと察した多聞は、それがいかに不合理なことかを、どうやってわからせようかと苦悶する。アズサがちらりと視線で合図して、自分が説得してみると目で語った。

「じゃあ、響生さんとはお客とホストではなく、普通のカップルとしてお付き合いしたらいいんじゃないですか？　そうしたら、借金することなんかないのに」

「いやよ」

ジョカの目的は、響生と恋愛をすることではなく、彼をナンバーワンホストとして盛り立てることにあるのだという。多聞にもアズサにも、共感は難しかった。

「ん？」

だしぬけに、アズサが振り返った。

目をまたたかせて、首をかしげている。

「だれかに、尾行《つけ》られている気がしたんだけど？」

多聞とジョカも、アズサの視線の先を追った。多聞にとって多すぎる人の流れの中に、彼らを追いかけて来る人間など見分けられなかった。あの強面の借金取りが来たのかと思い、多聞は怖くなった。

4

首をたてに振らないジョカを相手に、多聞たちにできることは付きまとうことくらいだ。

ジョカは二人を追い払おうとはしなかったが、話しかけて来ることもない。多聞たちは、居ない者のように無視された。それでも付いて来るのだから、ジョカも居心地が悪かったにちがいない。しかし、それは態度にも顔にも出なかった。多聞はといえば、無視され続けるのは、ひどく落ち着かなかった。

ジョカが向かったのは、渋谷である。

真新しいビルに入っているモデルプロダクションだった。

さすがに、美人にはこうした仕事があるのかと思っていたら、どうも様子が変だ。マネージャーだというメタルフレームの品の良い男が、最上級の態度でジョカとアズサを見た。霊感のない人らしく、多聞のことは見えないようだ。

「今日はどちらが？」

品の良いマネージャーが、二人の女性を見比べる。その目に値踏みするような色を見て多聞は警戒したが、モデルプロダクションだというのなら、それも仕方ないのか。

「あたしが」

ジョカが、落ち着き払った笑顔で片手を挙げてみせた。

「では、こちらにいらしてください」

そういってジョカを打ち合わせブースに案内するので、相手に見えないのをいいことに、多聞もくっついて行った。そこで知ったのは、ここがただのモデルプロダクションではなく、AV女優のプロダクションだったということだ。

そこで、ジョカは面の皮の厚いことをいってのけた。

「契約希望です。それで、前借りさせてほしいんですが」

品の良いマネージャーの笑顔が引きつった。「いかほど?」とその顔は訊いていた。ジョカほどのルックスならば、無下にもできないと思ったのだろう。

「一億円」

ジョカは、優雅にいってのける。

それで、アズサや多聞もろとも、いんぎん無礼に追い出された。

渋谷から、移動した先は吉原《よしわら》のソープランドである。

AVプロダクションのマネキンみたいなマネージャーとはうって変わって、怪しげな人相の店主が現れた。ひんじゃくなあごをあごひげで隠して、やけに早口で、声がオペラ歌手みたいだった。

あごひげの店主には、やはり多聞の姿は見えなかったようだ。ジョカとアズサを見比べてAVプロダクションのマネージャーと同じことを訊いた。

「今日は、どっちが?」

「あたしが」

それから起こったことは、前と同じだ。ジョカが現実的ではない取引を持ち掛けて、前より幾分か乱暴に店を追い出された。それから数軒の同業者を回ったが、結果は判で押したように同じだった。むべなるかなと、多聞は思った。

「んん？」

アズサはここでも、後ろを振り返る。

「やっぱり、だれかに尾行られているみたいな気がするんですけど」

なかばひとりごとのようにいい、多聞とジョカも目を凝らすのだが、今度もそれらしい者は見つけられない。

「錯覚でしょ」

渋谷に向かう前に無視を決め込まれて以来、初めてジョカに口を利いてもらえた。それで、多聞はたまりかねて、思っていたことを口に出した。

「あの……。おれ、田舎者でよくわかんないんですけど。でも、いきなり一億円の契約とかって、無理なんじゃないでしょうか？」

「じゃあ、どうしろってのよ。銀行強盗でもしろっていうの？」

「あー、銀行強盗はやめた方がいいですよ」

アズサは、まるで経験者のように顔をしかめる。

アズサの冗談は突拍子もないなあと笑っていたら、おなかが鳴った。それを聞きつけて、ジョカが通りの向こうのファストフード店を目で示した。

「おなか減ったわ。なんか食べさせてよ。もちろん、そっちのおごりで」

ジョカが道の柵をまたいで児童公園のベンチに座った。アズサはふところが寂しい多聞を気づかって、一人で店に走って行く。取り残された多聞は、公園の中にあるトイレに入った。用を足しながら、東京でジョカやアズサと居る今この時も、明け方に見る夢なのではないかと思った。蘇利古村にいったことも、寝台特急ひとだまで起こったことも、全てただの夢のような気がした。

アズサがハンバーガーを買ってもどったのと、多聞がトイレから出たのが、ほぼ同時だった。よもや事件が起きているなど、多聞たちは予想だにしていない。

そんな二人が見たのは、ジョカが男に後ろから首を絞められているところだ。

「ジョカさん！」

多聞は走り幅跳びのように花壇を飛び越え、狼藉者《ろうぜきもの》に飛び掛かった。

アズサもハンバーガーを投げ捨てて、落ちている石を拾って、男に投げつける。が、狙いは大きく外れて、あやうく多聞を直撃するところだった。

「わーっ！」

多聞とアズサの口から、どちらからともなく鬨《とき》の声がほとばしり、それは緊張感を欠いたものではあったものの、狼藉者を怯《ひる》ませるには足りた。そいつがたじろいだ瞬間、ジョカが身をよじって相手にひじ鉄を食らわす。それが、みごとに急所を直撃した。

多聞とジョカと狼藉者、三人はしばし組んずほぐれつの乱闘を繰り広げたが、そこからこぼれ出るように逃げた男が、アズサを突き飛ばして逃げ出した。黒いキャップを目深にかぶり、サングラスにマスクをしている男の人相は、まったくわからなかった。

「大丈夫ですか」

多聞は、地面に尻餅をついてのど元をおさえているジョカを覗き込んだ。白い首には、みごとに手で絞められた痕《あと》が残っていた。

「アズサさんの予感的中ですね。おれたちがジョカさんに会ったころから、確かにだれかに尾行られていたんだ。そいつが、犯人だよ」

多聞は憤懣やる方なく、首を左に右に回して、消えてしまった男の影に追いすがろうとした。

「ちきしょう。あの借金取りかな」

多聞がいうと、ジョカは細い手を横に振る。

「そんなわけないでしょう。あたしが死んだら、だれがお金を返すのよ。生命保険も入ってないもんね」

「ジョカさん、犯人に心当たりがあるんですか？」

「どうかしら」

ジョカのとぼけ方は、「心当たりがある」といっていた。

それを見て、アズサの顔がパッと明るくなる。

「犯人を捕まえましょう！　殺人未遂の示談金を取ってやるんです！」

スマホを取り出して、ジョカの首についた手の痕を撮影し出す。

「そっか」

ジョカが驚いている。

「どうしました？」

「示談金か！　盲点だったわ！　あんたって、最高！」

ジョカはがぜん活気付いた。アズサの両手をつかむと、ぶんぶんと振った。

殺人や殺人未遂で示談金など発生するのか、はなはだ疑問だったが、ジョカの機嫌が直ったのは多聞には良い兆候だった。お追従で拍手をして、アズサの放り出したハンバーガーを拾いに行った。

5

三人で、アズサの買ったハンバーガーをもりもり食べた。

ジョカは、さっきまでとはうって変わって、よくしゃべる。

「ここで質問です。さっきの犯人、だれだと思う？」

「だれなんですか？」

多聞たちは、異口同音に訊く。

「NAGASEデザインスタジオの長瀬社長よ」

純喫茶ツィゴイネルワイゼンで会った、あの俳優みたいな男か。

マスターのいうには、長瀬はジョカのファンのはずだった。さっきも、ジョカが店に居ないと知るや、お茶も飲まずに帰ってしまった。それが、どうして彼女を付け回して、殺そうなんてするのか。

「ツィゴイネルワイゼンに勤めていたとき、長瀬が飲み仲間といっしょにやって来たのよね。あの店、二十四時間営業で何でも食べさせるから、飲んだ後の人たちがラーメンとか、エビピラフとか、ナポリタンとか食べに来るんだ」

「カロリー、高そうですね」

アズサが怖そうにいう。

「で、長瀬たちがほんの余興のつもりで、あたしに占いをさせたわけよ。占いを馬鹿にするからいけないんだわ。あたしは、長瀬の過去の罪を見抜いてしまった――」

長瀬は犯罪者だった。

それを知られてしまった長瀬は、以来、ジョカを付け狙っているのだ。

「えー、前から被害があったんですか？」

多聞は驚いた。

「どうして警察に行かないんですか？」

「それは――」

ジョカはしらばっくれるように、あさっての方角を見た。

「まさか、ジョカさん……」

アズサがジョカが目を逸らした先に回り込んで、怖い顔をした。

「それをネタに、あの長瀬って人をゆすっていたとかじゃないですよね」

いくら何でもそんなことはするまいと多聞は思ったが、実は図星だったようだ。ジョカは開き直って、大きな声を出す。

「あんたね、水道やガスを止められたことないから、えらそうなこといえるのよ。部屋の電気もつかないのよ。冷蔵庫の中のもの、腐っちゃうじゃない。水がでなけりゃ、トイレにも行けないのよ」

「公共料金、払えばいいじゃないですか」

「引き落とされる通帳に残高がないんだから、しょうがないでしょう」

ジョカの声が裏返った。

「六百万円のシャンパンタワーを響生さんにプレゼントするお金があるなら、公共料金くらいなんですか。あたしだったら、六百万円あったら三年は暮らせます！　どうせゆすり取ったお金だって、高いシャンパンとかに化けてたんでしょ」

「だって――」

ジョカは反論をこころみたが、結局はうつむいた。そして、ぼそぼそと聞き取りづらい声でいう。

「警察にいったって、一円にもならないもん。第一、占いで過去の誘拐犯人を見付けましたなんていっても、信じてもらえるわけないでしょう」

「誘拐犯人なんだ？」

アズサが、言葉を口の中で転がすようないい方をした。

「そうよ。長瀬は十五年前、当時五歳だった女の子を誘拐して、身代金をせしめたの。それで、今の会社を興したのよ」

ジョカはコーラを飲み干して、ストローで氷をかきまぜた。それをベンチのわきに置いて、黒い革の巾着型バッグから水晶玉を取り出した。多聞たちは、きょとんと見守る。

「長瀬ー、みてろよ。一億円、ふんだくってやる」

いくらなんでも、それは無理だと思ったが、せっかくジョカの機嫌が直ったところなので、口には出さないことにする。

「被害者のこととか――わかっているんですか？　女の子は無事だったんですか？」

アズサが尋ね、ジョカは大きくうなずいた。

十五年前、会社社長をしていた増渕慎二《ますぶちしんじ》の長女・芽衣《めい》が誘拐されて、一億円の身代金が奪われた。芽衣は無事にもどって来たが、それが原因で増渕は破産し、夜逃げする破目になった。

目隠しして連れ去られた五歳児には、どこに連れて行かれたかなどわかるはずもない。警察も監禁場所の特定すらできなかった。

しかし、ジョカにはわかった。

「芽衣ちゃんが監禁されていた場所は、三軒茶屋《さんげんぢゃや》のアパートの一室。当時、長瀬が住んでいた部屋よ。事件後——つまりお金が入ってすぐに、長瀬はそこから退去した。次の入居者は、大家の甥《おい》。その人は今もそこに住んでるわ」

「なんか証拠とかないんですか？　犯人をギャフンといわせるような」

十五年も前の話だから、アズサは期待していったわけではなさそうだった。だけど、ジョカは水晶玉の前でいかにも魔女っぽい手振りをしながら、「オン」とか「ソワカ」とか、低く唱えている。水晶玉を凝視する目がいよいよ寄り目に近くなったとき、その目がまん丸く開いた。

「あった－！」

「な、なんなんですか？」

「のぞみちゃん人形よ！」

「へ？」

芽衣は誘拐されたときに、のぞみちゃん人形を抱いていたが、墨田区《すみだ》の路上で保護されたときには、何も持っていなかった。犯人のクルマの中、あるいは監禁場所で落としたと目され、事件解決の鍵になると警察は見ていた。しかし、結局は発見されなかった。

「のぞみちゃん人形は、まだ三軒茶屋のアパートにあるみたい。あの子――」

ここでジョカは、にやりとした。

「なかなか、やるわね。人形を、トイレにある止水栓の扉の中に隠したのよ。しかも、芽衣ちゃんがぐずったときに、長瀬は人形に触っているわ」

芽衣と長瀬の指紋が付いた人形が、長瀬がかつて住んでいた部屋から発見されたら、迷宮入りになっていた事件は一気に解決する。

「ヤバイです。身代金誘拐罪の時効は十五年じゃないですか。早くしなきゃ、時効が成立しちゃいますよ」

アズサがスマホの画面をスワイプしながら、じれったそうに足踏みした。

「さあ、長瀬の元居たアパートを探すわよ！」

「え、場所がわかっているんじゃなかったんですか？」

「……三軒茶屋っていったじゃない」

「三軒茶屋の、どこなんですか？」

「ええと」

ジョカは、人差し指で頬を掻いた。彼女も、わからないのか。しかし、まさか、長瀬当人に訊くわけにもいかない。ジョカは、意地になったように水晶玉を見つめ、やがて自分でも驚いたように目をまたたかせた。

「高架になった道路が見える――それから、左の方に銭湯の煙突が見えるわ」

「住所は？」

多聞が訊くと、いやな目付きが返ってきた。

「テレビに出てくる超能力捜査官だって、そんなことわかんないでしょうよ」

いいあらそいながら、三軒茶屋まで行った。

そこでアズサがダウジングの棒を取り出したので、多聞とジョカは身構える。いい大人が三人がかりで、この東京の街をダウジングしながら歩くのは、格好の良いものではない。旅の恥は掻き捨てというが、恥を掻きながら往来を歩きたくない。

「だったら、他にどうするんですよう」

アズサは口をとがらせ、さっさと先に立って歩き出した。

それから二時間、アズサの後ろに付いて三軒茶屋をさまよい続けた。

高架になった道路と、銭湯の煙突、そして外階段のある木造二階建ての古いアパートを見つけたときには、夏の遅い夕日が傾いていた。

問題のアパートの前には、足場を組む建材を積んだトラックが停まっていた。作業員が、大家とおぼしき年配の男性と話している。少しばかり、剣呑な雰囲気だった。作業員は「約束がちがう」やら「こっちだって予定がある」やら「工期がもう二ヵ月も延びている」などといって、大家を困らせていた。いや、実際に困らせているのは大家の方で、解体工事を前にして入居者がまだ一人居座っているため、仕事にかかれないらしい。

「解体？　大変だわ」

ジョカはいい、作業員を押しのけて大家に詰め寄った。あまりにも無礼な為《な》しようだったので、作業員は却って気を呑まれて文句をいう暇もない。

「甥御さんの住んでらした部屋を、見せていただけないかしら。いえ、是非とも見せていただかなくてはならないの」

ジョカは飛びぬけた美人だったので、その奇妙な頼みにもかかわらず、大家はデレッとした。そして、ぺらぺらとしゃべり出す。

「実は、居座っているのが、その不肖の甥なんだよね」

「そうなの？　甥御さん、グッジョブですわ！」

ジョカは舞台俳優のように高らかにいうと、多聞とアズサを従えてアパートに突進した。

「一〇四号室、ここよ！」

呼び鈴を押すと、滑舌の悪い、警戒気味の返事が聞こえた。

「無駄だよ。おれは出ていかない」

「そうよ、それでいいのよ。よくやったわ。さあ、ここを開けて、わたしをあなたの部屋に入れてちょうだい」

ジョカの呼びかけは、女王陛下のようにおごそかで、有無をいわせぬものだった。大家の甥はドアを少しだけ開けた。チェーンが掛けてある。その隙間から、彼はかつて見たこともない美女を見た。

「うわあ」

太って無精ひげを生やした三十歳ほどの彼は、ジョカの渾身の作り笑顔を見て、心がとろけたような声を出す。

「さあ、あなたの部屋に、わたしを入れてちょうだい」

「そ——そっちの人たちは？」

多聞たちに目を移して、少し警戒したように訊く。

「わたしの使用人たちなの」

「なっ……」

多聞が怒りかけたが、アズサに脇腹を突かれて黙った。

「ささ、わたしの願いをかなえられるのは、世界中であなた一人」

「は、はは！」

大家の甥は時代劇調の返事をすると、チェーンを外して三人を部屋に招き入れる。

「おどき！」

足を踏み入れたとたん、ジョカは無情にも、大家の甥を押しのけた。

「すみません、失礼します！」

多聞とアズサも、狭い玄関に靴を脱ぎ捨てて部屋に上がった。

玄関から入ってすぐにあるトイレのドアに、ジョカは突進していた。

「あの——トイレ、使いたかったんですか……？　あの……？」

無理が通れば道理が引っ込むという言葉どおりに、押し込みに入られた大家の甥は、文句もいえずにおろおろしている。それをいいことに、急襲した三人は、便座の横に二十センチ四方ほどの、小人さんのとびらのようなものを見つけた。

「おあつらえむきって、このことね」

ジョカは、チェシャ猫のように笑った。長い爪をもてあましながら、不器用にそれを開ける。

中は暗かった。しかも、とびら部分が直角にとんがっていて、三人で覗き込むと頭がぶつかりそうで危ない。

「多聞くん、トイレの電気を！」

「ははっ！」

多聞まで侍みたいにかしこまって、命令にしたがう。

せまい個室に明かりがともり、壁の中の闇にも少しだけ光が射した。

そして、三人は目当てのものを見つけたのである。

給水管の上に、赤くて小さな止水栓のハンドルがある。

そしてそれにもたれかかるように、小さな小さな女の子が座っていた。

否――身の丈二十センチ足らずの着せ替え人形だ。暗闇の中で年月を経た人形は、ホラー映画の小道具のように不気味だった。

「うわ……」

後ろで見ていた大家の甥は、怯えた声を出す。

しかし、三人は歓声を上げた。

「やったー！」

「ジョカさん、さわっちゃダメ！」

アズサがその場で警察に電話をした。

これは後日談になるが、長瀬は身代金誘拐罪の時効を目前にして逮捕された。そして、どういう手を使ったのか多聞にはわからないが、ジョカのしてきた恐喝行為は不問に付されたらしい。

＊

証拠の人形を見つけた夜、響生も呼んで焼き肉屋に行った。

肉が焼けるのを見ながら、ジョカは上機嫌である。

「今夜は、あたしのおごりだから。皆でたくさん食べてね」

「電気と水道とガスを止められている人に——一億円の借金ある人になんか、おごらせるわけにはいきませんよ」

両親が亡くなった後、多聞と兄の生活はいつもかつかつだった。節約の上に節約を重ねたが、それでもライフラインを止められたことはない。一人暮らしを始めて生活はいい加減になったけど、一億円の借金に追われるほど切羽詰まっているわけでもない。そんな借金を抱えたら、多聞は心配に押しつぶされて、未遂どころか本当に死んでしまうと思う。

「平気、平気」

ジョカは、殺人未遂の示談金として、長瀬から一億円をぶん獲ってやると、改めて息巻いた。

「ていうか、二億円がいいな。そしたら、響生は安泰のナンバーワンで居られるし、あたしも安泰のエースでいられるわ」

そういうジョカに、響生がはにかんだ笑顔を向けた。

「そのことなんだけどね。おれ、ホストを辞めることにしたんだ。大学院の方が忙しくなってきてね。それに、ジョカさんのおかげで蓄えも充分できたし」

「え……」

ジョカの顔が白くなった。

ジョカが千尋の谷底へ墜ちて行くのが、見えた気がした。

彼女にとって、寝耳に水とはこのことだ。青天の霹靂《へきれき》とはこのことだ。借金問題に解決のメドがついた（とは、多聞には思えなかったが）とたん、ジョカの生き甲斐である響生が勝負を降りるといいだしたのである。

ジョカの事情には少しも共感できない多聞とアズサだが、このどんでん返しには、同情せずにはいられなかった。多聞は響生には見えないので、アズサがようやくのこと、明るさを装って口を開く。

「響生さんって、本名は何っていうんですか？」

「おれは——」

口を開きかけた響生を、ジョカが早口で遮った。

「いわないで！　聞きたくない！　あんたは響生よ。せめて、今だけでも響生で居て」

ホスト遊びという疑似恋愛は、相手が素人になったら続かない。少なくとも、ジョカにとっては、そうだ。ジョカは、恋愛はニセモノでなければ満足できないのだ。多聞とアズサには、やはりその気持ちが理解できなかった。今はまだ現役ホストである響生にも、それはちょっと重たかったようだ。

そこから先は、お通夜《つや》みたいになってしまった。

無言で食べ、無言で飲んだ。女主人の立場であるジョカが千尋の谷底に墜ちてしまった以上、残る若い衆が浮かれるわけにはいかなかったのだ。それでも、ジョカはおごってくれた。二万円だけ入ったジョカのルイ・ヴィトンの財布は、それでからっぽになってしまった。

「じゃあ、おれはこれで」

そういう響生に、ジョカはしがみつくようにきつくハグをした。そして「もう、いいわ」といって、突き放した。

駅前でアズサが、ダウジングの棒をクイクイッと動かしながら、立ち去った。

「おお、一宇じゃないか」

突然に酔っ払いに声を掛けられて、多聞はびっくりして振り返った。

顔を赤くしたサラリーマン風の男二人が、酒のにおいをさせながら笑っている。

「ひっさしぶりー。一宇、東京に来てたのか」

一宇というのは、兄の名だ。兄とは七つも離れているから、まちがえられるなんて初めてのことだ。第一、多聞と兄は、さほど似ていない。

「弟のこと、大変だったなあ」

兄の友だちらしい酔漢たちは、さも同情するようにいってから、離れて行った。大変だった弟のこととは、多聞の自殺未遂以外に考えられない。それとも、両親の死後、自力で弟を育てた一宇の努力をねぎらっていった言葉だったのか。

「どうしたの？　行くわよ」

ジョカがどやしつけるように、邪険にいった。

響生引退のショックから逃げるように、ジョカは蘇利古村に行くことを承諾した。

第四章　寝台特急ひとだま（下《くだ》り）

1

ジョカを見つけた翌日、上野公園にある博物館動物園駅から、列車に乗った。

アズサが二時間休暇を取って見送りに来てくれたけど、どうしても駅に入れないとショートメールが来た。

——これは、アレですね。必要な人しか入れないってヤツですね。わかります、慣れてます。

——この世のものならぬ寝台車が見たかったんだけど、諦めて会社に行きます。

——多聞さん、がんばってこの世にもどって来てください。グッドラック！

アズサが入って来られなかったホームには、ひとだまに乗る人たちが、続々と集《つど》っていた。ジョカが本当に来てくれるのか心配した多聞だが、発車直前になってようやく現れた。大きなスーツケースと、それよりも大きなおみやげの包みを抱えていた。襟ぐりの大きく開いた純白のワンピースにハイヒールをはいて、昨日より少し化粧がうすかった。そのせいか、目が覚めるほど美しい。

「ジョカさん、おはようございます」

「持って」

ホームに降りて出迎える多聞に、ジョカはおみやげの山を押し付けた。草加せんべいと雷おこしと、べったら漬に、人形焼、東京ばな奈に、ごまたまご、おみやげ用の木久蔵《きくぞう》ラーメン、これらが何箱もつめられた紙袋が三つもある。

荷物を多聞にあずけていささかなりとも身軽になったかといえばそうでもなく、ジョカは巨大なスーツケースを「うん、うん」いいながら引っ張っている。あんな歩きづらそうな靴をはいて、混雑する新宿駅からどうやってここまで来たのかがナゾだ。

「馬鹿ね。タクシーに乗ったのよ」

一億円の借金を抱えた人が、電車ではなくタクシーに乗ろうという心理が、さらなるナゾだ。しかし、大荷物を持ってここまで来られたわけは、ようやくわかった。タクシーの運転手を色仕掛けか脅すかして、荷物を運んでもらったにちがいない。

「ここの駅、部外者が入ってこられないでしょ。だから、一人で運ばなくちゃなんなくて、苦労したわよ」

「はあ……」

列車に乗り込むときは、生成《きな》りの麻のスーツを着た中年紳士が、重たいスーツケースを持ってくれた。俳優みたいに彫りの深い顔立ちの、品の良い人物だ。

「あ、すみません。ありがとうございます」

居丈高なジョカも、さすがに畏まって礼をいった。

紳士は、肉のうすい頬で笑った。

「大きな荷物ですね、里帰りですか？」

「ええ、まあ」

ジョカは、多聞に持たせた大荷物をちらりと見やって、気恥ずかしそうに笑った。

素寒貧《すかんぴん》のはずのジョカが、どこからお金を出して、これほどのおみやげを買ったのかは、タクシー代の捻出と並ぶナゾである。

「もしや、また借金を？」

「馬鹿ね。あたしにお金を貸す度胸のあるヤツなんて、この東京には居ないわよ」

「じゃ、まさか万引き……？」

「馬鹿いうんじゃないわよ。あたしにだってねえ、餞別《せんべつ》をくれる人くらい居るの」

「お金を貸す人はいないけど、くれる人は居る……？　まさか、まただれかをゆすったとか？」

「あのね、あんたね、人聞き悪いこといわないでくれる？」

列車には、柳田と円了の姿があった。売り子の瓜子と車掌も乗っている。多聞たちが近づいて行くと、柳田と円了はしきりと話し込んでいた。

「今日はあの日だね」

「まさしく、あの日ですね」

多聞は挨拶も忘れて、二人に問いかけた。

「え？　なんの日なんですか？」

「今にわかるよ。しかし、あれも真怪だよな」

円了が腕組みをする。柳田は多聞たちに座るようにうながしてから、円了に向かってうなずいた。

「わたしもまだ生きていたのなら、あれのことを著作に加えたいところですよ」

何をいっているのか、さっぱりわからない。

ジョカにうながされて切符を見たら、円了たちと同じボックスだった。ジョカは、多聞の向かいである。

「そちらが凄腕の死神のジョカさんですか。多聞くん、上首尾だったようで、おめでとう」

柳田にそういわれて、多聞は慌てて二人にジョカを紹介した。彼らが歴史に名をなす井上円了と柳田國男と知り、ジョカは立ち上がって握手を求めた。

「多聞くんたら、どうして最初に紹介してくれないのよ。――これは、先生方、本当に失礼いたしました。わたくしは、こういうものでございます」

ジョカは、ウェブサイト同様、大量の肩書きが書かれた名刺を、円了たちに渡した。

「先生方は、東京にはやはりご研究が目的で？」

「築地《つきじ》の稲葉《いなば》対馬守《つしまのかみ》の屋敷跡を見てまいりました。『咳の婆さん』という石の像を探してみたのです。この婆さんには連れ合いがあるのだが、近くに並べておくとどうも爺さんの像が倒されてしまう。人々に霊験あらたかと拝まれているくせして、この石の像の夫婦は仲が良くないんです。そんなところが、愉快じゃありませんか」

柳田は呵々大笑して、扇子で和服の袖に風を入れた。

「ぼくは、パンダを見てきたよ」

円了は真面目な顔をする。

「あれは、人間に愛玩されて生き残るために、あのような姿に進化したのだろうか」

「たしかに、パンダは可愛いですなあ。昭和四十七年にランランとカンカンが上野動物園に来たときには、わたしもぬいぐるみを買い集めたものですよ」

「え？　柳田先生は昭和三十七年に亡くなっているんじゃ？」

多聞がスマホで検索しながらいうと、柳田は笑った。

「だから、死後ですよ、死後。この列車に乗るようになってからです」

「し、失礼しました」

生前の柳田國男がパンダのぬいぐるみを蒐集《しゅうしゅう》するのは、ちょっとキャラがちがうだろうと思ってしまう。

「ときに、多聞くん。東京は楽しんだかい？」

柳田は、多聞とジョカの顔を見比べた。

「くたびれました」

「それは、こっちのセリフよ」

ジョカはつんと、あごを上げた。

「青木くんは、帰りは新幹線だったのかな？」

「下り列車では多聞くんと落ち合う必要がないから、そうですねえ、きっと新幹線ですなあ。彼の勤めている郵便局は、現世と地続きですから」

「青木さんの勤めている郵便局には、行きたくないなあ」

「然り、然り」

「だれよ、青木って？」

「ジョカさんに性格が似たおっさんです」

「然り、然り」

「むむ？」

一同が和気あいあいとしていたころである。

女の悲鳴が聞こえた。

しかし、その声は遠い。

ひとつ客車を置いた次の車両、食堂車からのようだった。

円了と柳田が目を見かわして席を立ったので、多聞たちも続いた。

テーブルとテーブルの間に車内販売のワゴンが投げ出すように止められていて、瓜子が口を手で押さえて立ちすくんでいる。その周りを野次馬が取り巻き、車掌が孤軍奮闘していた。

人垣を掻き分けて騒ぎの中心に行ってみると、男がテーブルに突っ伏《ぷ》している。

「お亡くなりになっておられます」

「この人——」

ジョカと多聞が同時に気付いた。生成りの麻のスーツを着た、痩身の中年男性だ。発車前に、ジョカのスーツケースをデッキに持ち上げてくれた人だった。

ショックを受ける多聞だが、遺体を取り巻く人たちが、自分たちと同じく動揺する者と、やけに落ち着き払っている者とに分かれていることに気付いた。

柳田と円了は後者で、ジョカは死神だから慌てふためくことはしないが、彼女なりに緊張している。多聞にいたっては、足の震えがとまらないほどだ。

「皆さん、落ち着いてください」

冷静派の代表みたいに、車掌が一同に告げた。上り列車のアクシデントでは彼も大いに狼狽していたのに比べて、不自然ですらある。

「落ち着けっていったって、人が死んでいるんですよ。救急車とか、警察とか——」

「いやいやいや、お客さま、この列車は寝台特急ひとだまですよ。救急車や警察の力が及ばない次元を走行中なのです。お客さま同様、こちらさまも生身《なまみ》のおからだではございません」

「意味がわからない」

憤然とする多聞の肩をつかんで、円了が説明した。

「この騒ぎは、年中行事のようなものなのだよ。こちらの紳士は、毎年八月十五日に乗車し、この席でだれにも見られていないときに亡くなる。ここ二十年ほど、同じことが繰り返されているのだ」

「そりゃあ、わたしだって最初に見た時は、驚いたのなんのって。当時のわれわれは、国鉄万世橋《まんせいばし》駅から乗ってたものです。もちろん、そこも廃駅ですよ」と、柳田。

「年中行事って……」

多聞は目を丸くした。

車掌が、円了の言葉を引き継ぐ。

「どこのどなたなのか、いったいどうしてお亡くなりになったのか、わからないことにはご供養もできません。そして、こうしておきますと、明日の朝には消えてしまわれるのです」

「消える？」

多聞も、野次馬たちもざわついた。

「はい。最初のころはご遺体を車掌室に運んだり、貨物室に運んだりしていましたが、やはり翌朝には消えてしまいます。ならば、居心地の良い客車にとどめた方が、こちらさまのためにも良いかと存じまして、ここ何年かはこのままにしております」

「食堂車に死体、ねえ」

ジョカは悪い冗談でも聞いたみたいにまぜっかえし、慣れた様子で死体を覗き込んだ。触れようとしたら、スカッと透けた。

「ああ、やっぱり幽霊なんだ。さっき、荷物を持ってくれたときから、幽霊だったのね」

この紳士がジョカの荷物を持てたのは、同じく魂だけの多聞も山ほどのみやげの袋を持てたのと同じ現象だろう。そんな思案をする多聞に、車掌がもの問いたげな視線をよこした。

「あの――こちらは」

白手袋をしたてのひらで、ジョカを指している。

「蘇利古村のジョカさんです。凄腕の死神の」

一億円の借金問題に続く数々のダメっぷりを目の当たりにして、多聞はジョカを畏怖する気がまったく失せている。凄腕などといってみたが、皮肉たっぷりだ。

ところが、車掌はジョカの名を聞いて目の色を変えた。

「ジョカさまにおかれましては、さまざまな霊障を解決してきた、霊能者の中の霊能者とうかがっております」

「まあ、そうだけど」

ジョカは長い巻き髪を片手で払って、肩をそびやかした。毛ほども、謙遜する気はない様子だ。

「この便に乗り合わせたのも、何かのご縁かと存じます。こちらのお客さまのご無念、解決してはいただけないでしょうか？」

「無念？」

多聞が口をはさむと、ジョカは馬鹿にしたような声を上げた。

「無念だから、これ見よがしに自分の遺体をさらしてるのよ。あんたも、彼女の気を引こうとして自殺未遂をするくらいなんだから、それくらいのことを察しなさいよ」

ジョカは自分こそ十分に無神経なことをいいながら、狡猾《こうかつ》な流し目で車掌を見た。

「はばかりながら、わたしはプロですから、ただでは働きませんわよ」

多額の借金を抱えるジョカは、金の亡者になっている。

2

食堂車に四人掛けのテーブルを二つ合わせて、七つの椅子を置いた。

参加者はジョカ、多聞、円了、柳田、車掌、瓜子の六名である。

六名の席の筋向いで、問題の男がテーブルに突っ伏している。つまりさっきからずっと死んでいるわけだ。多聞の座る位置からよく見えるので、いささか気持ち悪い。

多聞の左隣が瓜子、右がジョカ。向かい側が、左から車掌、柳田、空席をひとつ置いて、端っこを円了が占めた。空席の正面がジョカである。

「どうして、席を一つ空けているんです？」

多聞が訊くと、ジョカはさらりと答えた。

「お客さんが来るのよ」

お客さんとは、これから呼び出す霊魂だという。

車両の照明を消して、テーブルの中央に燭台を置いてロウソクを三本立てた。

深紅のビロードのカーテンにふちどられた窓の外は長いトンネルが作る闇。ロウソクのオレンジ色の明かりが照らす六人の姿が、窓ガラスにおどろおどろしく浮かび上がった。

「ロウソクってことは……また百物語……ってわけじゃないんですよね？」

往路で起こった怪異を思い出し、多聞はおっかなびっくり柳田に訊いた。濃い三角形の眉毛の下で、丸眼鏡の奥の目が微笑んだ。

「百物語とは、ちがいます。多聞くん、これは降霊術《こうれい》です」

「え……降霊術っすか」

武者震いのようなものと、悪寒のようなものを同時に感じた。

「むかしは、ずいぶん流行ったものなんですよ」

柳田は興味津々の様子だが、円了は明らかに鼻白んでいる。

「多くはペテンだったがね」

多聞たちは、何が起こるのか、ジョカの一挙一動を緊張して見守った。

「あちらのお客さまを殺害した、犯人の霊が来るというわけでしょうか？」

「それって、悪霊じゃないのよ！」

「取り憑かれたりしませんよね？」

ジョカは、そんな五名に向かって宣言した。

「これから呼び出すのは、すべて生霊です。しかも、二十年前の姿で出て来ます。当時の事件関係者に事情を訊くのと、同じことと思ってください。ただし、呼び出す相手は幽霊と同じ霊魂ですからね。もっとも、それをいったら、多聞くんも、円了先生も、柳田先生もいっしょですけど」

「わたしたちは、死霊ですから」

柳田がにこやかにいうと、円了もしぶしぶ首肯した。

「そのようだ」

瓜子は民話の登場人物である。ならば、車掌はどういう存在なのだろうと思った。この異次元の寝台特急には、生身の人間でなければだれでも乗れる？

「静かに。降霊術は始まっています」

ジョカがそういってから、どれだけ経ったろうか。数秒——数十秒——数分。列車がまたトンネルに入って、ロウソクの炎が揺れた。自分たちとは異なる気配を感じて、皆はいっせいに空いている席を見た。

そこには、男が座っていた。

（生霊——なんだ？）

男の生霊は、くたびれたワイシャツにくたびれたネクタイをしめた中年男だった。非常に機嫌が悪いみたいで、眉間に深いしわが一本、きざまれている。待ち受けていた六人の顔を眺めまわすと、整髪料を使っていない髪の毛をガシガシ掻いて、そして、口を開いた。

「わたしは警察の者だ」

「刑事さんなんですか？」

瓜子が訊くと、男はジロリと瓜子を見て「そうだ」と答えた。

「その男の名前は、中村忠義《なかむらただよし》、四十五歳。大江戸信用金庫小唄《こうた》支店の次長をしていた。

中村は、勤務態度も良好、支店の成績もまあまあだったそうだ。周囲からは、可もなく不可もない人物とみなされていた。

ウィークデーは仕事に押されて終電で帰ることもたびたびだったが、休日には家族サービスにも心を配っていたとのことだ。部下に厳しく上司に媚びるタイプの男だが、殺されるほど恨む人間も見当たらないんだ」

「やっぱり殺されたんだ」と、多聞。

「いやなヤツってだけで、殺されたら日本の人口がずいぶん減るわよね」

ジョカが乱暴ないい方をする。

「自殺、事故、他殺。いずれの可能性もある」

「死因は何なのかね？」

円了が訊いた。刑事は円了のこともジロリと見やり、ふっと目を細めた。どこかで見たことがあると思ったのかもしれない。多聞も今になって思い返してみれば、テレビのオカルト特番で円了の写真を見たことがある。明治・大正時代の妖怪博士として、だ。ネットにも、写真付きの記事がいくつも掲載されていた。柳田國男についても、然りである。

「あなたと、こちらの和服の方に、お会いしたことがあるような――」

「われわれのことは、どうでもよろしい。今はそこで死んでいる御仁の話をしておる」

円了がぴしゃりというと、刑事は気を悪くした風もなく話にもどった。

「中村忠義の死因は、覚せい剤のオーバードーズ。過剰摂取だ。死亡したのは一九九九年八月八日の日曜日。自宅の書斎と称する物置で、注射器を使って薬物を摂取していた。妻と娘は、二人で買い物に行き自宅には居なかった。来客があったかどうか、目撃者は居ない。注射器には、中村の指紋しかなかった。中村自身が、新品を袋から出したということだな」

「ふうん」

一同は、どこか不満げにうなずいた。

「中村が覚せい剤を常用していた事実はない。警察がどう調べても、中村が薬物の売人と接触した形跡は皆無だった。もちろん、常習者ではないから、われわれとしてもノーマークではあったが」

そこで、列車はトンネルを抜ける。

窓から陽光が射した瞬間、刑事の姿は消えていた。

一同が中村忠義の方を見て、ふたたび姿勢をもどしたとき、列車はまたトンネルに入った。上り列車ではこんなにトンネルをくぐった記憶がないから、多聞は不思議に思った。さりとて、元より不思議な列車だ。予想のつかないできごとにも慣れてきている。

それでも、刑事が居た席に、別の人間が座っているのを見たときは、いささかなりとも驚いた。

「わたし、中村の家内です」

女はそういって、後ろのテーブルで死んでいる夫の姿をちらりと見た。嘆くとか再会に感動するなんてことは一切なく、どちらかというとイヤそうな顔をした。ひっつめにした髪に手をやって、口をへの字に閉じて鼻から長い息をつく。そして、おもむろに語りだした。

「まったく、覚せい剤中毒なんて、わけがわかりませんよ。そんなことで死ぬなんて、わたしの世間体ってのを考えてみてください。娘の結婚にだって響きますよ。娘によく訊かれるんです。おかあさん、なんであんな男と結婚したの？　ええ、ええ。まったく、われながら大失敗したものだと思います」

奥さんの声はとても高い。それが、一同を落ち着かない気分にさせた。

「でも、よい御主人だったんじゃ？　週末には家族サービスにも気を使ってたって、刑事さんが……」

多聞が訊くと、奥さんは「ふん」と鼻でわらった。

「勤め先では、そんな嘘を並べていたのかもしれませんねえ。あの人が週末にすることといったら、パチンコ屋に行く、競輪か競馬に行く、そんなものですよ。ともかく、ギャンブルが好きでね」

「ご主人のこと、きらいなのね？」

ジョカが、皆を代表して訊いた。

「あの人、外ヅラはいいけど、家の中では暴君でしたよ。一歩外に出れば毒にも薬にもならないようなフリをして、家に帰ればわがまま放題、暴力までふるう最低の男よ」

「暴力？」

瓜子が可愛い目を丸くして、突っ伏したままの中村忠義の遺体に目をやった。

「なんで、離婚しなかったんですか？」

「そりゃ、世間体がありますから」

奥さんは空咳をして、瓜子から目を逸らす。

「良いところがないわけじゃ、ないんですよ。家電のことや大工仕事が得意でしたから。そういう点では、頼れる存在でした」

「男なら、それくらいは当然よね」

ジョカがいうと、柳田が「手厳しい」といって苦笑する。

「ただ、マザコンっていうんですか？　あの人の母親というのが、癇癪《かんしゃく》持ちで、夫が小さいころからしょっちゅう婚家を飛び出して実家に帰り、果ては離婚してしまったそうで、夫はことあるごとにその話をしていました」

おれは、母親がいつ居なくなるのか、そればかりが怖かった。

「四十を超えた男が、母親に捨てられるもないもんですよ。二言目には、母親に捨てられるのが怖かったって、そればっかり。それでこちらの同情を引こうとするんです。同情どころか、とっても鬱陶《うっとう》しかったわ」

「それはちょっと鬱陶しいかも」

早くに両親を亡くした多聞と兄には、同年の友人に比べて親を慕う気持ちが強い。だけど、それは憧憬《どうけい》と独立心という良い形で兄弟を成長させたと思う。

（でも……）

愛想を尽かして出て行った恋人の気を引こうと、自殺の真似事をしてみる甘ったれぶりは、形を変えたマザコン根性ではないか。亡き夫を悪しざまにいう奥さんを見ながら、多聞はそれが実紗が自分に向けた気持ちのような気がして、いたたまれなくなった。

しかし、中村忠義の欠点は、鬱陶しさばかりではなかったようだ。

「母親の癇癪は、あの人にもしっかり遺伝していたんです。つまらないことでわたしたちを怒っては暴力をふるっていました。とくに、娘に対しては、しつけだとかいって、ひどく殴るんです」

中村は、自分の子どもに対して生殺与奪《せいさつよだつ》の権利があると思い込んでいたようだ。

「鼻血が流れるほど殴るのもたびたびで、救急車を呼んだことだってあります。それが本当につまらない、風呂の窓の開け方が悪いとか、自分の気に入ったテレビ番組をいっしょに観ないのがいけないとか、そんなことで暴力をふるうんです」

思い出して腹が立ってきたのか、奥さんの頬が怒りでゆがみはじめる。

「あの人、ことあるごとに、わたしと娘を『扶養家族』呼ばわりして、食わせてやっていると恩に着せていましたよ。花を飾れば『その花はおれの稼いだ金で買ったんだな』と、服を買えば『おれの金で着飾って』と、万事がそんな調子です。

わたしたちの服を買うときは、かならず夫の背広なんかを新調しないと、キレるんですからたまりませんよ。キレて、また暴言暴力」

奥さんは自分の爪を見る。四十代という年齢にしては、老けた手だった。肌理《きめ》がとのわず、甲には腫れたように脂肪が付いている。

「ええ、最初にいったとおり、良いところもありましたよ。外ヅラもよかったですしね。近所の人には、優しい旦那さまで通っていたみたい。逆に、わたしがヒステリー妻だと思われていたわ。家では尻に敷かれているなんて、あの人、いい触らしていましたから。そういうアピールが上手いのよね」

「そこまで嫌ってたのなら、無理していっしょに居ることないじゃん」

瓜子が、ひとりごとのようにいう。

「縁があっていっしょになった人ですから、我慢しようと思ったんです。だけど、愛人が居ると知ったときには、もうびっくり仰天」

奥さんは声を出して笑った。しかし、目は怒っている。

「どっちかというと、わざわざあんな人の愛人になる奇特な女性が居たってことが、驚きだったわ」

年より老けた手をこすると、枯れ葉のような乾いた音がする。

「もしも亡くならなければ、離婚していたでしょうね。マザコンっていうんですか？母親って人がひどい癇癪持ちで、夫が小さいころから婚家を飛び出して実家に入り浸りで、結局は離婚してしまったそうで——え？　その話はもうしました？　あら、ごめんなさい」

列車はトンネルを抜け、奥さんの姿は掻き消えた。

一同が感想を口にする暇もなく、三度《みたび》、車両はトンネルの闇に包まれた。

3

ロウソクのオレンジ色の灯りに照らされて、客用の席に座っていたのは、今度は傷んだ茶色の髪の女だった。荒れた肌に厚い化粧をしていた。ブランドもののワンピースを着ていたが、毒々しい色の安っぽい服に見えた。そこだけ別人のように、手の爪が美しい。それが自慢のように、女は両手の指先をピンと伸ばしていた。

「中村さんが亡くなったことは、本当に驚いたわ。覚せい剤なんて、使うような人じゃあなかったよ。もちろん、あたしと居たときも、そんなことしたこともない。

中村さんと会ったのは、お店です。あたしは当時、いわゆる風俗店に勤めていたわけ。お客さんとの付き合いは、お店の中だけにしようと決めてたんだけど、中村さんのことは、なんだか放っておけなかったというか。いわゆる母性本能が刺激されたというか」

彼女は、中村忠義の愛人だ。

愛人という存在の是非については、多聞には縁がないことなので実感がわかない。しょせんは、他人事という感じがする。

「中村さんの母親が、今でいうなら、いわゆる毒親だったのよ。子どもだった中村さんをしょっちゅう叩いて、食事もさせず、それを夫に注意されると家を飛び出して行くんだって。最低だよね。一週間くらい実家に居て、それでケロリとしてもどって来るんだって。ほんと、最低だよね。

そんなことの繰り返しで、中村さんはいつ母親と会えなくなるか、それぱっかりが怖かったんだってさ。本当に優しい人だと思わない？　あたしだったら、そんな親、殺してやりたいって思うけど。——あら、言葉が過ぎました？　ごめんなさぁい」

そこまでいって、愛人はしんみりした顔付きになる。

「だから、中村さんね、自分が家庭を持つときには、仲の良い平和な家族を持ちたいって、そればっかりを願ってたんだって」

愛人はきれいな爪をひらひらさせて、ハンカチを目頭にあてた。

「だけど、運命ってえの？　奥さんがいわゆる悪妻で、中村さんにお昼のお弁当を持たせたことが一度もないっていうのよ。信じられる？　いわゆる愛妻弁当を一回も作ったことのない妻がこの世にいるなんて、あたし耳を疑ったね」

「ええと——そんなに珍しくないかもね」

ジョカがいうと、今度は円了と柳田が目を剝《む》いた。

「なんと、亭主に弁当を作らない細君が居るというのか？」

「嘆かわしい。日本はどうなってしまったのだ」

「冗談でしょ？　いわゆる冗談でしょって感じよねえ」

愛人は円了、柳田と目でうなずき合う。

「それに、奥さんは中村さんが汗水たらして稼いだお金を、貯金もしないで、洋服とか自分のランチとかに使ってしまうんだそうです。母親のこととかで思い出話をしても、全然聞いてくれないんだって。

そうそう、こんなこともあったってよ。テレビが面白いから、奥さんや娘に向かって『見て、見て』っていうと、『強制されてまで見たくもない』なんて憎まれ口をいわれるんだって。いわゆる……暴力をふるいたくなる気持ちもわかるでしょ？」

「わかりませんよ」

多聞がはっきりというと、愛人は傷ついたような表情になる。

「なんで？　あたしなら、わかるけど」

愛人は、多聞から目を逸らし、義憤にかられたというように頰を膨らませた。

「中村さんが覚せい剤に手を出したのも、きっと悪妻のせいよね。男が外で働いて一家を支えているのよ。妻が至らなければ、逃げ場が欲しいじゃない？　そりゃあ、あたしも逃げ場の一つになってあげたよ。でもね、本当に何もかも、わからなくなってしまいたいときってあるのよ。壊れてしまいたいときってあるの。

だけど、中村さんってお酒が強くて酔えないのよ。お酒で紛らわすこともできないわけ。でも、覚せい剤ならいいじゃないですか」

「良くない」

円了に一喝されて、愛人は肩をすくめる。

「あ、はいはい、わかりますよ。良くないですよ！」

開き直ったように大きな声を出した後、愛人は微妙に話をそらした。

「だけど、あたしにはウソをついてほしくなかったな」

「ウソを、つかれたんですか？」

多聞は、死んでいる中村忠義をちらりと見ながらいった。

「中村さんってば、奥さんと別れて、あたしと結婚してくれるっていったんですよ。最高に嬉しかったけど、いわゆるリップサービスだってわかっちゃった。いや、本当に、そんな夢なんか、最初から見てないっての」

列車はトンネルを抜け、愛人の姿が消えた。

次の人物が現れたとき、辺りは再び暗がりの中に突入している。

今度の証言者は、若い男だった。涼しそうな素材のスーツを着て、紺と臙脂《えんじ》のレジメンタルのネクタイをしていた。見るからに誠実そうな、なかなかの美男子だ。瓜子の頰がポッと赤くなり、ジョカが嬉しそうにニタリとした。

「ぼくは、就職してすぐ小唄支店に配属されたんです。それ以来、次長の下で働いてきました」

「中村次長は、どんな人でしたか？」

「次長は、ノンキャリア組なんです。高校を卒業してすぐにうちの信金に就職して、こつこつ頑張ってきた叩き上げなので——大卒の新人が大きらいなんですよ」

若者は、端整な口の端に嘲笑を浮かべた。

「ともかく劣等感の強い人でした。ぼくもさんざんいびられましたが、大卒の女子社員なんか、ほとんどサンドバッグ状態ですよ。大声で母校の名前をいって『〇〇大学を出て、その程度なのか。〇〇大学は名門だと思ったがなあ』なんて調子です。

気の強い女性が居まして、本店の人事部に抗議したそうなんです。それで、部長に呼ばれて油をしぼられたみたいですよ。それからは、少し大人しくなったかなあ。お客さまの前でも、派遣の人を泣かしたりして、よく苦情が来てました。その反面で、上には媚びる人なんですよね」

若者の嘲笑は色濃くなる。

「支店長の上履きを背広の中に入れて温めていたという噂が——。いや、冗談ですけど。でもね、冗談じゃ済まないこともありましたよ。女性社員が支店長の湯飲みを誤って割ってしまったときなんか、殴りましたからね、いや、マジで」

「うそぉ」

瓜子が口をあんぐり開ける。

「ほんと、マジで」

「その女性は、泣き寝入りしたわけ？」

「傷害で訴えるって話になって、労働組合につるし上げをくって、大騒ぎでしたねえ。ただ、騒ぎが外にもれたら信金のイメージを落とすってことになって、理事長がおでましになってくだんの女子社員を説得してました。結局、示談で落ち着いたみたいです」

「示談万歳。世の中、金よ」

ＮＡＧＡＳＥデザインスタジオの社長から、一億円の示談金をせしめようとしているジョカは、力を込めていった。瓜子が反発して、ジョカをじろりと見る。

「それから、次長はケチでしたね。ですか？　マイホームがほしいってのが口癖だったから、お金を貯めていたのかなあ」

トンネルを抜けて日差しがもどると同時に、若者の姿は消えた。

「つかれたわね」

ジョカが、肩をがっくり下げた。

ジョカならずとも、中村忠義の人となりは、聞いていていい加減、苦しくなってきた。「あっ」

瓜子は驚いた声をあげ、テーブルに突っ伏して死んでいる中村を指さす。

多聞とジョカは視線の先を、円了たち男性陣三人は振り返って、確認した。

そこにあるのは死体のように見えるが、正体は幽霊だ。命を失い、生前の姿を永久にとどめるもの。しかし、その定義は呆気なくくずれている。

「別人じゃん！」

瓜子が一同を代表して、驚愕の一声を発した。

多聞は、わけもわからず同意する。

「だね……」

死体は、つい今しがたまでとは、まったく別の人物になっていたのだ。背の高い立派な紳士が、貧相な猿みたいな男に変わっている。着ているものまで、麻の生成りのスーツから、汗じみたねずみ色の背広に変化していた。

「幽霊もまた、化けの皮がはがれるんですね」

柳田が合切袋から帳面を取り出すと、中村の変容をメモし始める。

「中村氏が本来の姿にもどったということは、事件は解決に向かっているということなのでしょうな。しかし、まださっぱり真相が見えん。円了先生はどうですかな？」

「元より、わたしはこういう眉唾な手段は信用していないからね」

そういってから、ジョカの方を見て「これは、失敬」といった。

ジョカは別に気にした様子もなく、首をかしげてこぶしで肩をたたく。多聞たちには、奇怪な見世物のような降霊術だが、霊媒を務めるジョカは人知れず消耗するのかもしれない。「大丈夫ですか」といおうとしたら、ロウソクの炎が揺れた。それが元にもどると、柳田と円了の間の空席に、若い女が座っていた。

「なによ」

出てくるなり、女は非常に不機嫌そうに一同を眺めまわす。本性を現した中村そっくり、つまり猿っぽい顔をした若い女である。中村の娘だとは、名乗る前からわかった。

「パパのせいよ、この猿顔。幼稚園からずっと、あたしのあだ名は『サル』ですから。太閤秀吉《たいこうひでよし》じゃないっつーの。わがままで、自分が大好きで、いい年してマザコンで、おまけにDV親父だし、挙句の果てには覚せい剤やって死ぬとかって、意味わかんない！」

「確かに」

多聞は遠慮がちに同意した。

「あたしが、彼氏を家に連れて来たことがあったのよね。そしたら、パパは彼がイケメンだってのと、一流大学を出てるって理由で、あたしに付き合いをやめろっていうのよ。自分より優れた男が家族に加わるなんて、パパには耐えられなかったのよ。あの顔じゃあ、絶対に外に女を作るから、結婚したらあたしが不幸になるっていうの。外に女を作っていたのって、自分でしょうが。あんな顔で、あんな安月給で、よく愛人なんか作れたなあって、それだけは感心するわ」

娘は声を上げて笑った。

「そういえばね、こんなことがあった。幼稚園のときに、パパの似顔絵を描いたのよ。両親は喜んで部屋の壁に貼ったっけ。なのに、パパがまたつまんないことで怒ってキレてね、あたしの絵をびりびりに破いて足で踏んだのよ。

あたしねえ、パパがあんな死に方をした今でも、そのことを思いだすと、はらわたが煮えくり返るの。幼児が父親のために描いた絵を、その父親が破いて踏みつけるんだよ。許せる？　あたしは、絶対に許せない」

「あんたも自分の家庭を持って幸せを見付ければ、そういうことも過去の出来事として考えられるようになるのではないですか？」

柳田が丁寧な口調でいった。娘はかぶりを振る。

「あたし、結婚しないんだ。ママみたいにハズレをつかんでしまったら、大変だもの。ママはよく、あたしが居たから我慢したっていうけど――子はかすがいとか世間じゃいったりするけど、かすがいにされた子どもの身にもなれっていうのよ」

「だけど、いやなことばかりじゃなかったでしょう？　一つでも、父親に感謝することはあるんじゃないですか？」

柳田は救いの言葉を誘導しようとしたけど、無駄だった。

「感謝の気持ちなんて、これっぽっちもありません。ああ、早く死んでくれて、ありがとうって感じかな」

その言葉の終わりがかすかにこだまして、娘は消えた。

列車はトンネルを通過して、窓には光がもどる。

テーブルについた六人は、顔を見合わせた。

「お茶が飲みたいわね。一休みしましょう」

ジョカがいうので、瓜子が席を立った。

4

瓜子が紅茶を載せた銀のトレイを運んできた。

多聞は珍しく、ミルクと砂糖をどっさり入れた。中村忠義をめぐる話は、聞いているだけでへとへとになる。ほかの人たちも、似たり寄ったりの気持ちみたいだった。皆が疲れた顔をして、無言で紅茶を飲んでいる。

（家族って、こんなにも寒々しいものだったっけ）

向精神薬を悪用して自殺を図った身には、えらそうなことはいえないが——そのせいで現世の記憶の多くが抜け落ちてしまってはいるが、それでも父のことも母のことも、多聞は大好きだ。もしも、こんな風に呼び出されて親のことを尋ねられたら、抜け落ちた記憶の中からでも、あたたかい思い出はいくらでも語れる。

乳歯が抜けて少しだけ血が出て、えんえん泣いた幼児のころのこと。母親が多聞の手を引いて、近所の商店街に連れ出した。すごく優しい声で、何かいわれた。何をいわれたのかは覚えていない。でも、次第に歯の抜けた痛みなんかどうでもよくなった。ただ母と手をつないで歩いているだけで嬉しかった。

父は亡くなるまで、自分のことを「とーたん」と呼んでいた。赤ん坊だった兄の一宇が、はじめていった言葉が「とーたん」だったからだ。こっちは男だし、いい加減「とーたん」はやめて欲しかったけど、いつまでもいつまでも、自分を「とーたん」と呼んでいた。

そんな「とーたん」のせいでもなかろうが、一宇も多聞も、よくいえばおとなしくて素直、ありていにいえば覇気に欠けた少年に育った。

多聞がいじめられて泣いて帰ったとき、珍しく怒髪天《どはつてん》を衝《つ》いた一宇が、かたき討ちに出かけた。七つも離れているわけだから、そんな幼児の喧嘩になんて、普通だったらかかわるまいに。小学六年生だった一宇は、幼稚園児の集団に返り討ちに遭って、やっぱり泣いて帰って来た。それを見た母は、ただ笑うばかりだった。

家族とは、そんなものではないのか？　人間関係って、そんな暖かいものではないのか？

「それじゃあ、再開するわよ」

ジョカの号令に、皆は「やれやれ」といった態度で集まった。頼んで始めた降霊術だが、こんなグダグダの悲劇を見せられるとは思わなかったのだ。

ほんの束の間、トンネルの切れ目があり、車両が再び暗くなると、別の人物がいた。灰色のポロシャツに古びた野球帽をかぶった初老の男だ。

彼は故人のパチンコ仲間だといった。顔のしわが深くて、普通にしていても笑ったような表情になる。同時に泣いているみたいにも見えた。お人好しそうな人物だが、彼は中村こそがお人好しだといった。

「中村さんは、いい人だったよ。最初はね、パチンコ屋でよく顔を合わせていたんだ。そのうち、いっしょに飲みに行こうかって話になってさ。

うちは女房が死んでおれがくさくさしていた頃でさ、中村さんが泣きながら慰めてくれるのよ。本当に涙をぽろぽろこぼしてさ。人生は長さじゃなくて、質だって。おれたち夫婦は質がいいって、羨ましいってね。そういうあんたたちは、どんな夫婦なのかって訊きたくなったけど、そこは訊けないよ」

男が苦笑すると、いよいよ泣きそうな顔になった。

「中村さんは酒がめちゃんこ強いくせに、飲むとすぐに泣いたね。おかしな泣き上戸だよ。で、フォークソングとやらを歌うのよ。さっぱり下手くそで、それがまた愛嬌があるのよ。おかげで、おれもおぼえちゃったよ。さだまさしとか、松山千春とか。ああいう歌も、味があっていいねえ。おれなんか、演歌一辺倒だったのが、中村さんのおかげでナウい歌を覚えられたね」

「そうですか」

ジョカが優しい声であいづちを打つ。多聞も、おそらく他の皆も、初めてホッとしていた。

「中村さんって絵が得意なんだ。二人でよく行ったスナックのママとか、女の子とかの似顔絵を描いてやっていたんだけど、これが上手いんだ。おれのも描いてくれるっていったけど、そんなの照れくさいだろう。断っちゃった。——でも、描いてもらえば良かったなあ。もっと前に会いたかったよなあ。女房が生きているころにさ。おれの似顔絵を見せたら、あいつ、喜んだろうにさあ」

男の声が、急にくもった。大きな手でしわだらけの顔を覆い、はなをすすりあげた。

「中村さんも死んじゃって、馬鹿だよねえ。あんな正直で良い人が、なんだって、そんな悪い死に方をしなくちゃなんないのか。

おれも泣いたよ。スナックのママがさ、弔《とむら》い合戦だとかわけのわかんないことをいって『うらみ・ます』って歌い出すのよ。中村さんの遺言代わりに歌ってやるんだって。悲しい歌でさあ」

そして、男はしゃがれた裏声を出して『うらみ・ます』を少し歌った。

「中村さんとは、じいさんになるまで、友だちでいたかったよ」

男の生霊は、手で涙をぬぐいながら消えた。

次に現れた男は、初めて名乗りを上げた。

「島野守《しまのまもる》といいます」

木綿《もめん》のスモックを着ていて、『ムーミン』に出てくるスナフキンを思わせた。スモックの模様のように染みついた絵の具の汚れが、島野のボヘミアンじみた印象をさらに濃くしている。画家のようだったが、島野自身もそう自己紹介した。

「中村とは中学校以来の親友でした。高校時代まで、わたしたちは二人とも、画家を志していたんですよ。でも、中村は挫折したといって、サラリーマンになったんです。わたしは美術系の大学に進み、どうしても夢をあきらめることができず、結局は人生を踏み外しました」

「人生というのは、そう簡単に判定ができるものではあるまい」

円了が穏やかにたしなめるけど、島野はかぶりを振る。

「大学は出たものの、画家として芽が出なかったんです。この年になるまで、定職に就いたことがありません」

多聞は鼻から長い息をつく。多聞もまた、定職に就いたことがなかった。島野とはちがって、志も夢もない。ただ、正社員になどなった日には、会社の奴隷にされそうで、怖かったのだ。そのことも、実紗に愛想を尽かされた一因だ。

「画家を志す以上、就職したら負けだと、そう信じてきました。親にも見放され、親戚からも鼻つまみ者扱いされ、そんな連中をわたしは蔑みましたが、この年になるとようやく彼らの気持ちがわかるんです。まちがっていたのは、わたしだった。なんと長い間、わたしは進んで恥をさらしてきたものでしょう。愚にも付かないもののために、人生をドブに捨てて生きてきたんです」

「いや、そこまでいわなくても……」

たまりかねて、多聞が口を出した。しかし、島野の態度は、ますます硬くなる。

(この人、思いこんだら命がけってタイプなんだろうな)

中庸という立場に立てないのだ。画家を志せば、絵の道一筋。それを悔いれば、後悔三昧。しかも、後悔という感情には毒がある。

「わたしは、中村を恨みました。わたしと同じ志がありながら、サラリーマンの道を選んだ中村には、わたしがまちがっていることがわかっていたはずだ。なのに、わざとわたしが落ちるところまで落ちるのを、面白がって見ていたんだと、そう思いました」

島野は爪の間に絵の具の入った自分の両手を見る。たった今、人を殺した人間が、おのれの凶行に愕然とするように、見つめる目が真ん中に寄っていた。

「今のわたしは――そうです――道に外れた生き方をしています。覚せい剤の取引にも手を染めていました。

あいつと街で偶然に会ったんです。あいつが、女房のことやら、娘のことやら、職場のことやら、わたしにないものを見せびらかすように愚痴をこぼすのが、羨ましくて、憎くて、身が震えました。あんた方、憎くて震えたことがありますか？　わたしは、中村が憎くて震えたんです。

そんなに辛いならといって、覚せい剤を分けてやりました。使い方も分量も知らないあいつに、適量だという分量を教えてやりました。ウソをいいました。わたしが教えたのは、致死量です」

一同は息を呑んで島野を見つめた。

島野は泣きそうな顔をして、かぶりを振る。

「まさか使うまいと思ったんですよ。あの愚痴だって、どうせ何もかも、わたしに自慢したかっただけだと思いましたから。だから、オーバードーズであいつが死んだときは、本当に驚きましたねえ」

驚きましたねえ。

結局、島野は他人事のように結んだ。

そして、姿がうすれて消えて行くときは、笑っていた。

ゴトリと、椅子を引く音がする。後ろのテーブルで死んでいた中村忠義が立ち上がる。

猿にそっくりな顔をした中年男は、最初に見た俳優じみた紳士の姿にもどっていた。中村は通路を歩き、食堂車のドアを開け、デッキに出る前に透明になって消えた。

第五章　多聞と一字

1

蘇利古駅のホームには、村長とその息子、お手伝いの三津、医者、たいら屋の女将に、ジョカの家族と親戚、近所お誘いあわせの村人たちが集まり、もう一度お祭りが始まったみたいな賑わいだった。

一億円の借金から逃げるようにして帰って来たようなものだが、ジョカの死神としての実力に加えて、彼女の不在が長すぎたせいだろう、まるで村の英雄の凱旋《がいせん》みたいである。

多聞を現世にもどせるのはジョカしかいないと村長がいったとおり、彼女は蘇利古村にとって特別な存在なのだ。放蕩《ほうとう》の果ての帰郷も、待ちわびた吉事だ。まちがっても、この人たちは多聞の帰りを喜んでいるわけではないのである。

夜になると、村で一番大きな旅館で、村民総出の宴会が開かれた。

上座にステージのある大広間は、百畳ほどもある。ステージの上部には色紙で作った花や、紙の鎖でふちどられた垂れ幕が飾られていた。そこには村長直筆の力強い文字が躍っている。

——お帰りなさい、蘇利古村の星、岩佐ジョカさん！

ステージには和太鼓が用意され、豪華な生け花と、大小のダルマが飾られていた。

広い広い畳敷きの空間には、漆塗《うるし》りの膳と座布団が並べられて、村人たちが三々五々に集い来ては、嬉しそうに席に着いた。膳の上には、どうしてこんな急に、こんなにたくさん用意できたのかと思うようなご馳走が並んでいる。鯛の尾頭付き、鮎の塩焼き、だし汁を掛けた豆腐、吸い物、山菜の炊き込みご飯、山菜の胡桃和《くるみあ》え、蒲《かま》鉾《ぼこ》、奈良漬、カラスミ、なぜか白味噌の雑煮、なぜかマカロニグラタン、そしてなぜか海老シューマイ。

活きが良く跳ねた格好の鯛などは、全部が全部、同じ大きさ、同じ形である。ここに展開されている膳そのものが、多聞にはこの世のものならぬ超常現象のように思えた。

「ご名答。この料理もお酒も、あの世の仕出し屋から運ばれて来たのよ。結婚式やら葬式やらあると、まあ大体、こんな調子ね」

多聞はジョカを連れ戻した功労者として、一番の上座に座らされている。

「葬式や結婚式のたびに、こんなゴージャスな宴会をしているんですか？　破産しないんですか？」

ジョカの東京での浪費は、こんな金銭感覚が麻痺した村で育ったせいもあるんじゃないだろうか。そんな意地悪なことをつい考えてしまうのだが、宴席にやって来る村人たちの嬉しそうな顔を見ると、文句をいう方が悪いような気がしてくる。

宴席には、蘇利古村のほとんどの人が集った。そのほとんど以外に当たるのは、旅館の仲居と村の女性部の面々で、料理や酒をせっせと運んでいる。皆が皆、満面の笑顔だから多聞はちょっと引いた。

「おれ、こういうの、ちょっと慣れてなくて……」

「慣れてたって楽しいものでもないわよ」

宴席の主役のくせして、ジョカは冷ややかだ。

「さて、お集まりの皆さん――」

垂れ幕の下で村長の挨拶が始まると、一同は目を輝かせて聞き入った。結婚式のスピーチの百倍くらい盛り上がっている。ジョカの東京でのていたらくを知らないせいもあるのだろうけど、まったくこの村の人たち――死神たちはお人好しである。

「今夜はジョカさんの凱旋を祝って、思う存分お楽しみください」

やっぱり、ジョカの夜逃げ（？）は凱旋ということになっている。

村長の挨拶が終わると、村の青年部の人たちが登壇した。全員、ふんどし一丁に法被を着て、ねじった豆絞りで鉢巻きをしている。実にいなせだ。

「あー、あたし、男がおしり出すのって苦手」

「そんなこといって……。皆さん、ジョカさんのためにやってんですよ」

膳を囲む善男善女から「待ってました！」と掛け声があがった。

「さあ〜、ヨイヨイヨイとな〜。そりぃこぉむらにぃはぁ〜、いとし、あのこぉのぉ〜」

歌自慢らしい青年が、マイクの前に立つ。

これは『蘇利古節』という民謡だ。

大広間の入り口から、きれいな着物に日本髪を結った芸者衆がすり足でゾゾゾ……っと登場し、膳と膳の間、通路の中央に出来た広小路みたいな空間で、「ヨイとな〜」と踊り出した。

村の女性部の人たちは、さらに料理や酒を運んでくる。今日獲れたばかりの猪の鍋とか、ドブロクとか、特産の川魚蒲鉾とかが怒濤のごとく供された。

「ああ、やってらんない。このベッタベタな感じがいやで、東京に逃げ出したのよ、あたしは」

村の人たちの心づくしの歓迎に対し、ジョカははなはだしく罰当たりなことをいう。

「ちょっと来て」

多聞のひじの辺りをつかんで合図をよこし、四つん這いになって膳の列から離れた。

「ジョカさん、どこに行くんですか？　主役がバックレたら駄目でしょ」

後を追いながらも、多聞は声を殺して諭した。

「駄目もクソもあるもんか」

意外なことに、盛り上がりに盛り上がった宴席は、主役が席を外しても何ら問題なく盛り上がり続けている。だれもが楽しむのに前向きで、抜け出そうとする者になど目がいかないのだ。

「多聞くん、リュックか何か持ってない？」

「隆さんに借りたデイパックが……」

「じゃ、それを持って来て」

ジョカは多聞を連れて厨房に行く。

たいら屋の女将さんが居て、かまどで炊いたご飯を巨大なお櫃《ひつ》に移していた。

「あら、ジョカちゃん、どうしたの」

「おばちゃん、おにぎりを作ってくんない」

「いいけど、どうするの」

「仕事よ、仕事」

「ふむ。中身は何を入れる?」

「鮭と梅とおかか」

「はいはい。ちょっと待っててちょうだいね」

女将は深く訊こうともせずに、おにぎりをこしらえ、竹の皮に包んでくれた。

受け取った包みをデイパックに入れさせると、ジョカは多聞の腕を引っ張って、外に連れ出した。

「行くわよ」

多聞も従うものと勝手に決めて、夜道を歩き始めた。

夜の道は暗く、ジョカは提灯《ちょうちん》を持って歩いた。どうして懐中電灯でないのかが、不思議だ。

すぐに蚊が寄って来て、多聞はくるぶしを刺された。足がかゆいと訴えると、虫よけの薬を持ってこなかったことをなじられた。

「そんなことといったって、外に出るなんて思わなかったし」

「つくづく、危機管理がなってない人だわね。ま、気の回る人だったら、生きたまま死神の村になんか来ないだろうけど」

ジョカはカチンとくるいい方をする。提灯に照らされた生垣が、不気味に迫ってきた。

「どこまで行くんですか？　まさか、地獄とかじゃないですよね？」

「おにぎり持って、鬼のところへ？」

ジョカがつまらなそうな笑い声をあげた。

「桃太郎じゃないっての」

橋を渡り、草ぼうぼうの道なき道に分け入った。気の早い秋虫が鳴いて、多聞たちの歩みとともに、警戒して鳴き止む。沈黙の道筋を開き、二人は進んだ。土手には蛍が無数に飛んでいた。

「わあ……」

多聞は言葉をうしなって立ち尽くす。こんな神秘的な光景は、かつて見たことがなかった。いたって俗人である彼の頭に浮かんだのは、クリスマスのイルミネーションが、ばらばらになって重力を無視して飛んでいる、といったものだ。それでも、多聞にとって充分すぎるほどロマンチックだった。

すぐに実紗のことが頭に浮かんだ。ここに実紗が居たら——実紗といっしょにこの景色を眺められたら、実紗はなんていうだろう。「わあ、きれい。イルミネーションみたい」きっと、そんなところだ。実紗も多聞に劣らず俗人なのだ。顔立ちだって、ジョカみたいに特別な美人ではない。だけど、多聞は彼女を愛した。死んでもいいと思うほど愛したのだ。

「これ、ぜ～んぶ虫なのよ。不気味じゃない？」

ジョカが、俗人どころじゃなく、いやなことをいう。多聞はたった今、彼女を特別な美人だと思ったことを後悔して、黙って足を進めた。草にすべって、二度も三度も、転びそうになった。

やがて道は行き止まりになり、ちょっとした崖に行き当たった。

「登るのよ」

「マジですか？　でもなぜ？」

「なぜでも、登るの」

ジョカは提灯を片手に、器用に登って行く。しかも、足はハイヒールだ。

両手両足をじたばたさせて、多聞は懸命に後に付いて行った。口の中に蛍が飛び込んできて、慌てて吐き出した。

崖の上には、さらなる藪《やぶ》と獣道《けものみち》が続いている。虫の声がさっきよりも多く聞こえた。フクロウが、定期的に笛のように鳴いている。寝台特急ひとだまの〝個人時間〟を使って眠りに眠ったのだが、それでもまだ疲労がたまっていたのか、多聞の足は重たくなった。「そろそろ休みましょう」と口に出そうとしたとき、人工の建造物が見えた。小さな山小屋だ。窓から、オレンジ色の灯りがもれていた。

「な――なんですか、あそこは」

「村の防災備蓄小屋」

「ボウサイ……？」

死神の村も災害に襲われることがあるというのが、意外である。死神が災害に備えているというのが、もっと意外である。

「失礼しちゃうわね。死神だって生きてんのよ」

ジョカは何だかおかしなことをいう。

窓を人影が横切ったので、多聞は驚いた。

「ジョカさん、今、人が――」

「しっ！」

すかさず口をふさがれる。ジョカの手に泥がついていたので、多聞の顔は泥だらけになった。

「静かに、近付いて」

「は――はい」

草を踏んで、二人は小屋へとじりじり近付いた。

「………」

ジョカが目で合図をよこす。戸を開けろというのだ。

まるで昔話にでも出て来そうな木造の古びた小屋の、きしむ引き戸を力任せに開けた。

「わわわわわ！」

そこに居たのは、無精ひげを生やした若い男だった。防災備蓄用のカップ麺を食い散らかして（火がないので、そのまま食べたらしい）、空っぽになったペットボトルを山と積み、そいつは多聞たちを見て——いや、ジョカを見て甲高い悲鳴を上げた。

「伸作！　なんで、逃げてんのよ！　なんで、隠れてんのよ！」

伸作。

多聞の担当死神の名が、伸作だと村長がいっていた。まだ生きている多聞を死神の村に連れて来たらしい伸作は、行方不明のはずだった。

「ジョカさん、ジョカさん、ごめんなさい、すみません、堪忍してください」

「語るに落ちたり、伸作。あんた、謝らなきゃいけないことしたのね」

「あ……」

積み重ねられた段ボール箱の壁の方まで後ずさり、伸作は怯えて固まった。

ジョカは多聞の背負ったデイパックからおにぎりを取り出すと、伸作に差し出す。

「食べなさい。中身は鮭と梅干しとおかかよ」

「ジョカさん、おれ、おかか苦手っす」

そういいながら、伸作は鮭のおにぎりも、梅干しのおにぎりも、おかかのおにぎりも、全部ひとりで食べてしまった。

2

村の宴会は主役が抜け出したことにさえ気付かず、大いに盛り上がっていた。

ジョカが伸作を連れて帰ったときには、村長の腹踊りが披露されているところだった。

「伸作!」

集った全員が異口同音に叫び、村長の腹に描いた顔までもが怒鳴ったように見えた。

伸作はぐずる子どものように「いや、いや」をしていたが、ジョカは容赦なく腕を取って、大広間の中央に引っ立てる。膳の列の中心部は、芸者衆の踊りや余興のために、広く場所がとってあった。

「伸作、今までどこに居た」

「伸作、おまえは自分のしたことがわかってるのか!」

「死神が生者に手出しするなど、まさに鬼畜の所業!」

怒号が降る。

多聞ははじめて、死神の怒る姿を見た。

蘇利古村の気優しい人たちの、秘められた姿だ。

「うわ……」

彼らの顔色は、不自然を通り越すだけ白くなり、あるいは褐色になり、目玉が丸まって顔の横に移動して、口が裂けたように大きくなる。鼻づらが伸びて、眉間に、あるいは眉の上にこぶが生じた。角だ。それはまるで、人と牛馬の顔をした鬼の中間のような姿なのだ。

(そうか)

多聞は怯えつつも、納得した。怒り猛った蘇利古村の死神たちは、地獄の鬼にメタモルフォーゼしている。この人たちの怒りの化身が、あの鬼たちなのだ。やはり、この人たちは獄卒と通じているのである。

「ひいい」

身内たちの最大級の憤怒相を見せつけられ、伸作は縮みあがった。

「皆、ごめんなさい……。すいません……。申し訳ありません」

今しがたまで野球拳や腹踊りの舞台だった場所に引きずり出され、伸作は身も世もなく怯えている。こちらに集中する異形《いぎよう》の顔顔顔……に、ともすれば多聞まで謝ってしまいそうになった。

「皆さん、落ち着いて！」

仲作と多聞を除いては、一人だけ鬼に変わっていないジョカが、声を張り上げた。

そして、細い手で手錠のように仲作を捕らえたまま、詰問する。

「仲作、なんで、死んでもいない篠原多聞をここに連れて来たのか、いいなさい！」

仲作はそれでも口をつぐみ、四方八方から降り注ぐ矢のような視線に耐え切れず、目を伏せる。ジョカが、そのあごをつかんで顔を上げさせた。仲作の視線が、多聞のそれとぶつかった。仲作は目をしょぼしょぼさせた。

「ほ——本当は、この人のにいさんが死ぬはずだったんです……」

「何？　聞こえない！」

「だから、この人のにいさんの身代わりに、この人を死なせることにしたんですぅ」

「なんで……？」

多聞が啞然とする。

「この人のにいさんは、篠原一宇って人です。事故死するはずだったんです。だけど、一宇さんが、そのことを知ってしまって、ですね……」

「なんで知ったのよ。人間には、そんなことはできないはずよ。あんたが、教えたの？」

ジョカの声は、刃物のように鋭かった。

「そんな、いじめないでくれよぅ……」

伸作が泣くような声を出したので、ジョカは力任せにその頬を張った。鼓より大きな音がした。伸作は悲鳴を上げ、畳の上に倒れる。

角を生やし、鬼の形相《ぎょうそう》になって三人を取り囲む村人たちも、この成り行きを、かたずをのんで見守った。白い顔も、褐色の顔も、頭の角も、ゆっくりと元にもどってゆく。鬼の顔は、茫然とした人間の顔へと変化した。

「おれが、占ったんです」

伸作が占い師の老婆に化けて、一字の運命鑑定をしてやったのだという。

死神の占いは外れない。ジョカが伝手も何もない東京で、借金は作ったものの、占い師でやってこられた所以だ。

伸作の占いは、一字の過去をことごとくいい当てた。両親が早世したことも。近い将来のことも占った。弟が自殺をすることも。

「一字さんは、おれのいうことを信じないわけにいかなくなってさ。そして、事故のことをいってやった。一字さんは、少しも疑わず信じたんだ。そして、おれに頼んだんだよ。自分の死の運命を、自殺する弟に背負わせてくれって」

「うそつけ――！」

多聞が怒鳴ったが、伸作は多聞を見ても今度は目をそらさなかった。

「残念ながら、うそじゃないんだよね」

「にいさんは、ぼくを大切に思ってくれているはずだ。両親が亡くなってから、ぼくはにいさんに育てられたんだぞ。ぼくたちは、お互いを思い合って――」

そう思ってきたのは、自分だけなのではないか。

兄弟の愛情は、弟にばかり都合の良いものだったのではないか。

兄は弟のために、いろんなことをあきらめて生きてきた。そう自分に突き付けてみて、多聞はちがうとはいえなかった。

多聞の人生は、一宇を踏み台にした上に成り立っている。兄の犠牲によって得た人生を、多聞は不真面目に生き、粗末にした。だから、兄の愛情が消えてしまった――のか？

多聞はショックを受けたせいか、腰が抜けたように座り込んだ。村長宅でお手伝いをしている三津が、水を入れたコップを持って来てくれた。

「ぼくたちは、仲の良い兄弟なんだ――」

追いすがるようにいったけど、今度は声に力がこもらない。

「そんなの知るか」

伸作のいうのが、兄の言葉のように聞こえた。

「この人は自殺するんだし、どうせならいいんじゃないかなあって思ったんだよ」

「それ、あんただけの知恵じゃないわね？」

ジョカが鋭い流し目で伸作を見据える。

伸作はもじもじし出し、見守る一同がざわついた。何も知らずに料理を運んで来た仲居たちが、戸口で立ち往生している。

「さあ、正直にいいなさい！　だれにそそのかされたの？」

「山の神さまのいいつけだよ」

「山の神って——どこの山の神よ？　なんか、めっちゃ怪しいし、邪悪っぽいわね」

「わかんねえ！」

伸作は開き直ったように大声を上げ、その声に自分でも驚いて、またもじもじする。

「本当だよ。詳しいことは、わかんねえんだよ。でも、おれたちが死んだ後で、獄卒にならないようにしてやるって、そういったんだもん」

死神が獄卒になるとは、初めて蘇利古村に来たときに三津に教えてもらった。

そのときに、蘇利古村をドーナツのように囲む地獄へも迷い込んだ。

亡者をさいなむ、無慈悲で、恐ろしくて、醜悪な鬼。そんなものになるなんて、死んで鬼に責められるのと同じくらいいやだ。しかも、人間は極楽に行けるかもという希望をもっていられるが、蘇利古村の死神の行き先は鬼、必ず鬼、それっきりなのだ。

伸作のいう山の神というのが、どんなものかは知らないけど、怪しくとも、邪悪そうでも、永劫の鬼生活を避けられるのだったら、その話に乗ってしまうのも理解できる。というか、多聞が伸作の立場でも、かなりの確率で同じことをしたと思う。

「いっ……いっとくけどなあ、おれは自分のことだけを考えたんじゃねえぞ。あの神さまは、おれたち皆が、獄卒にならねえで済むようにしてくれるっていうから――」

ああ、それならもう迷う余地はない。最大多数の最大幸福ってやつだ。命を粗末にした多聞が本当に死んでしまうことで蘇利古村の全員が救われるなら、兄もまた助かるなら、何を迷うことがあろうか。――兄が多聞を身代わりにしようとしたのは、確かに少しショックだけど。いや、空が落ちて来たくらいにショックだったけど。ここは臨機応変に……。

「あんた、自分が人身御供《ひとみごくう》になったらいいと思ってないかい？」

いつの間にか、そばに三津が来ていた。三津は叱るような顔で、多聞にささやいた。

「はい」

「その心意気はありがたいけどねえ、ダメなものはダメなのよ」

「だけど、皆さん、地獄の鬼になっちゃうんでしょ？　いやじゃないんですか？」

「そりゃ、いやだけど、さだめってやつよ」

三津が小声でいった。

かたや、仲作は声を張り上げる。

「おれは、皆のために――」

「馬鹿者ー！」

「すみません、こんな息子ですみません！」

村長と、仲作の家族が大声を出し、それを合図に宴会場は、責める者、かばう者、嘆く者、怒る者で大変な騒ぎになった。しかし、さっき見た鬼の姿に返る者はもう居ない。

多聞はそれで、少しだけ安心した。さっきのままだと、この宴会場そのものが地獄に変わりそうだった。村を取り囲む地獄は、必要だからそこにあるのだとしても、蘇利古村が地獄になってしまうのは耐えられることではない。

壁際に退いた多聞は、ひざを抱えて座る。腰が抜けたといったところだ。三津のいった〝さだめ〟という言葉が、胸に重く反響していた。

(さだめ、か)

そんな言葉ひとつで納得できるわけがない。兄が事故死するなんて、絶対にいやだった。

「皆さ……」

ここは断固として自分が犠牲となる。そう決心して起立しようとした多聞の頭を、手でぐいっと押し込めて、ジョカが立ち上がった。

「今度のことは、あたしに一任してもらうわ。多聞くんを連れて、現世に行きます」

「なかなか、難しいことになりそうだが」

村長は苦い顔をしている。

「むこうでは、上手くやるわよ。多聞くんはどうせ帰ったって、当面は霊魂だけなんだから」

「え……そうなの?」

ジョカといっしょにもどれば、自動的に体の中に入れると思っていた多聞は、もはや何度目かわからないショックを受けた。

ジョカが総立ちになった村人を掻き分けて、多聞のもとに来る。自分の化粧ポーチから、ひじょうに不細工な猫のキーホルダーを外した。それを、眼前に突き出される。

「さあ、このキーホルダーに乗り移りなさい」

「ええ？　そんなこと、できませんよ」

いいよどむ多聞を遮るように、ジョカは彼の名を高らかに呼ばわる。

「篠原、多聞！」

「あ……はい」

おずおずと返事をした瞬間、強烈な引力が多聞を襲った。

今の多聞は魂だけの存在だ。いってみれば、空気みたいなものである。しかし、何かに吸い込まれるなどとは思ってもみなかった。

ところが、まるでブラックホールが万物《ばんぶつ》を吸い込むように、栓を抜かれた風呂の水のように、レバーを引かれた水洗トイレの排泄物《はいせつぶつ》のように、多聞は不細工なキーホルダーに吸い込まれた。

「もしもし、ハロー、ハロー」

なんと、話もできるようだった。

ジョカは多聞キーホルダーを、青い牛革のトートバッグに取り付けた。

3

どうやって現世にもどったのかは、ほんの少しも覚えていない。

ジョカが運転するメタリックピンクの可愛い軽自動車が、夜通し走って辿り着いたのが、多聞の生まれ育った宝船《たからぶね》市だった。

蘇利古村と現世は地続きではないと、村長がいっていた。だから、簡単には往来できない、と。

「地面は走ってないもの」

「じゃあ、どこを走っていたんですか?」

キーホルダーと化した多聞は訊いた。声は多聞の声だった。

ジョカは多聞の問いは無視した。

「人間はもどれないけど、死神は行き来できるのよ」

だから、多聞はキーホルダーと化しているというわけだ。

ジョカは多聞の知っている風景の中に入り、多聞の知っている道に入って行った。

むかしの線路跡に出来た遊歩道の周辺、川沿いの住宅街だ。そこには、多聞の高校の先輩の実家である産婦人科医院があった。

マザーズ産婦人科クリニック。

その正面口から出て来る男女を見て、多聞はキーホルダーの身で短い声を上げた。

「あ……！」

多聞の元カノである金井《かない》実紗と、もう一人は兄の一宇である。

心臓などないはずなのに、鼓動でキーホルダーが割れそうになった。

ジョカは、クルマを停めて財布から五円玉を取り出した。それをネックレスのチェーンに通してから、目の前で振ってみる。五円玉の動きに満足したらしく、にやりと笑って手の中に納めた。そして、多聞キーホルダーを下げたバッグを肩に掛けると、クルマを降りた。

「どこに行くんですか？」

「しーっ！　おだまり！」

あせる多聞を短く叱って、つかつかと実紗の方に歩み寄る。行く手をふさぐようにして実紗の前に立つと、美しい顔に会心の作り笑いを浮かべた。

「あの、すみません。こちらの病院ってどんな感じですか？　わたし、なんだか入る決心がつかなくて」

いいながら、手にした五円玉を実紗と一宇の前にゆらりとぶら下げた。銀色の鎖につながれた五円玉は、メトロノームのような一定のリズムで、二人の視界を往来した。

怪訝そうな表情を作りかけた実紗と一宇は、次の瞬間には眠ったような穏やかな顔つきになった。

(催眠術？　それにしては安直だけど)

安直な催眠術は、思いのほかに深く二人をコントロールする。実紗はとろんとした目付きになって、優しい声を返した。

「いい先生ですよ。親切で丁寧だし、評判もいいので、こちらに決めたんです。看護師さんも、皆さん優しいです」

ジョカはちらりと、肩に下げたキーホルダーに目をくれる。それから、一宇を見据えた。

「旦那さまもいっしょなんですね。羨ましいわ」

「ぼくら二人の子どもですからね。付き添うのは、父親の義務っていうか――」

一字は照れ笑いをしている。

多聞はいい知れぬショックを受けた。死神の村に行ってからショックの受け通しだが、今度のやつが一番だった。

実紗とは、もう何ヵ月も、彼女が産婦人科に行かなきゃいけないようなことはしていない。まだ結婚もしていないのに、セックスレスだった。今日は眠いとか、今日は疲れたとか、今日はそんな気分じゃないとか、ともかく避けられていた。避けられるのがつらくて、求めなくなったら何もなくなった。倦怠期《けんたいき》の夫婦みたいになっていた。なんとなく嫌われているような予感はあった。だからこそ、実紗が出て行ったときに、生きていてもしょうがないと思えてしまったのだ。実紗とはおしまいだと、決定的に捨てられたのだと、さすがにわかってしまったのだ。だから、追うことも問いただすこともせずに、すぐに死のうとした。早まったことをしたものだが、空気を読みまちがってはいなかったらしい。

実紗が多聞を避けていたのには理由があった。

実紗が出て行ったのにも、理由があった。

実紗には、満足させてくれる人が別に居たのだ。実紗はその人のところに行ったのだ。そう思ったら、キーホルダーからしずくがこぼれた。多聞は泣いていた。

(ぼくたちが付き合っていたときに……)

兄が実紗と子どもを作った。

多聞が死ぬフリをするよりずっと前に、二人はそういうことをしていた。

多聞は実の兄に恋人を寝取られていたのだ。

「でも、妊娠して病院に来て、乳がんが見つかっちゃったんです」

実紗がいう。

「まあ」

ジョカが、いかにも驚いた声をあげる。

多聞は、またしてもショックを受ける。もはや、タコ殴りにされている気分だ。

「だから、これから治療も始まるんですよ」

一宇が実紗の髪を撫でた。多聞は死にそうになる。

「早期に見つかって良かった。子どものおかげだよ」

「本当に、そのとおりだわ」

ジョカは五円玉を振るのをやめた。

二人は頭から水でも掛けられたみたいに背筋をビクンとさせ、それからぎこちなく笑った。「では、これで」と去る兄たちから離れ、ジョカは病院のとなりのスポーツ用品店の駐車場にクルマを移動した。店の正面口に並べられたベンチに腰を下ろして、蘇利古村から持参した水筒の麦茶を飲んだ。

「あんたのおにいさん、実紗さんと知り合いだったんだ？」

「ぼくが紹介したんです。よく三人で遊んだりしてました」

「ははーん。それで、弟から彼女を奪ったか。悪いおにいさんね」

「そんなことないです。にいさんはぼくを育ててくれて――自分は大学進学も諦めて、働きづめで――」

過去の出来事と今見た事実が滅茶苦茶に入り乱れ、多聞は息が苦しくなる。

「ぼく、やっぱりあきらめます。兄の身代わりになって死にます」

キーホルダーから涙がぼろぼろとこぼれる。

「そういう問題じゃない。何ものかが、あんたたち兄弟の運命を操作したのよ」

ジョカの声は、今まで聞いたことがないくらい厳しかった。

「あんたのおにいさん、あんたの自殺騒ぎの前に、何かおまじないみたいなことをしなかった？　それとも、神社にお参りするとか？　伸作がいっていた『山の神さまのいいつけだよ』ってのが気になるわ。山にある神社とかに行かなかった？」

多聞はキーホルダーの身を揺らしながら考える。

「そういわれても――」

記憶がない――といい返そうとした端《はな》から思いだした。

兄と二人でハイキングに出かけたのだ。

「二舞山っていう山にある神社にお参りしました」

「なんて名前の神社？」

「あの――ええと――思い出せません」

「思い出しなさい」

「無理です」

「ぐずぐずいわない！」

「…………」

多聞は、押し黙って懸命に記憶をたぐろうとした。

するとなぜか、寝台特急ひとだまのことが、しきりと頭に浮かんだ。柳田に連れられて行った展望車のこと。そこで最初に話を聞いた瓜子のこと。瓜子は車内販売の売り子をしているが、その正体は実在の人物ではない。『瓜子姫と天邪鬼』という民話の登場人物だ。

「あああああ……。確か、天邪鬼神社っていうお宮です」

「それよ！」

ジョカが高い声を出したので、今しも店に入ろうとしていた親子連れがこちらを見た。ジョカはそんなことなど、眼中にないようだ。

「確か――二舞山も、現世とは地続きではないはずよ」

「うそ……」

「あんたに今、うそいってどうなるのよ」

ジョカはせせら笑う。こんなときでも、意地悪なのだ。

「蘇利古村みたいなところって意味ですか？」

「パラレルワールドの、別の宇宙にあるって意味ね」

「あの――ええと」

「あんた、頭が悪いのね」

ジョカは手厳しく決めつける。

「そうよ、蘇利古村みたいに、ここととは地続きじゃないの。だから、あんたたち兄弟は、二舞山なんかには行きついたりできないはずなのよ」

「でも、行けましたけど」

「さては、天邪鬼に取り憑かれたわね。あんたたち、天邪鬼のひまつぶしの餌食《えじき》にされたのよ」

キーホルダーの多聞は、身をよじってジョカを見上げた。

「ひまつぶしの餌食？　なんですか、それ」

ジョカは、親切に説明なんかしてくれない。

「あんた、天邪鬼神社で何を願った？」

そういわれて、多聞は急に悲しくなった。

「実紗と結婚できますようにって」

「たぶん、おにいさんも同じことを願ったわね」

「そんな」

多聞が言葉を失っている間に、ジョカはスマホを取り出してだれかにメールを送った。

ピンクの軽自動車を走らせて、ジョカは蘇利古村にもどった。

どこをどう走ったのか、景色すらも記憶に残らなかった。少なくとも、多聞の知っている道は通らなかったし、多聞の知っている風景は見えなかった。ものの十分ほどで着いたような気がしたけど、蘇利古駅の時計台を見たら十時間が経過していた。

「いつまで、そんなところに入っているのよ」

ジョカが邪険にキーホルダーを振り回す。

人間の姿にもどった多聞は、駅前広場の地面に放り出された。ジョカは多聞の手を乱暴につかみあげて、駅舎に向かう。もう一度、寝台特急ひとだまに乗るのである。

「もう、セミが鳴いてないのね」

「あ、本当だ」

山間《やまあい》の村は、一日ごとに夏から秋へと変わってゆくようだった。出かけたときには見えなかった黄花コスモスが、風に吹かれててんでに揺れている。秋前の貧弱な花壇では、盛夏のうちは息をひそめていた赤い薔薇《ばら》が、小さな花をつけていた。

「薔薇に肥料やんなさいよ。栄養失調みたいな花じゃない」

ジョカが駅員室に遠慮なく声を掛けると、顔なじみの若い駅員が笑顔でやって来た。

「まだ暑いですからね。冬が近づくまではこのままです」

「あら、そうなの」

口をとがらせるジョカを、駅員はきらきらした目で見た。

「ところで、ジョカさん、駅に何かご用ですか？」

「寝台車だけど、次はいつ来るのかしら？」

「ああ、それなら一時間後です。午後一時十八分」

駅員は壁に貼った時刻表を指して「グッドタイミングですねえ」とはしゃいだ。また何日間かを村で過ごして列車を待つものと思っていた多聞も、ホッとした。

「ふうん」

ジョカは難しい顔をする。

「なんだか、呼ばれているような気がするわ」

「どういう意味ですか？」

多聞の問いに、ジョカは答えなかった。ジョカはきれいなまつ毛に彩られた目を三白眼にして、窓外の、高くなった空を睨んでいた。

4

列車に乗り込むと、ジョカは座席に落ち着こうともせずに、一人で別の車両へと行ってしまう。取り残された多聞は、切符を見ながら自分たちの座席を探した。ジョカと二人、五号車の三のAとBである。

この切符の代金は、あらかじめ村長が立て替えてくれていたので、金欠の多聞とジヨカは大いに助かった。多聞が巻き込まれたトラブルは、蘇利古村の死神の不首尾によるもの、いってみれば村の不祥事なので、諸経費は役場から出ることになったのだそうだ。多聞たちは、そのことを列車を待つ駅の中で、あの若い駅員から聞いた。

（いつか、恩返しがしたいよなあ。だけど、どうやったら恩返しになるんだろう）

それを声に出していっていたらしく、答えをくれた人が居る。

「恩人に恩を返したかったら、きみが幸せになることですよ」

「え？」

驚いて顔を上げたら、知り合いが居た。

同じ五号車三のボックスに腰かけて、こちらを見上げている。

民俗学者の柳田國男だ。

「柳田先生！」

多聞は嬉しくなって、思わず高い声を上げた。

柳田は相変わらず和装で、合切袋を提げている。ほかに荷物らしい荷物もなく、丸眼鏡の奥の目は穏やかに多聞たちを見つめていた。そのまなざしに、憐《あわ》れむような色が混じっているのに、多聞は気付かなかった。

「柳田先生は、ずっと乗っているんですか？　ひょっとして、円了先生も？」

「円了さんは宇宙に行ってるよ。二十五世紀の火星コロニーだ」

「はい？」

「寿命から解放された者は、時間や空間にしばられる必要がないからなあ。われわれは、永久に放浪することを選んだわけですよ。日々旅にして、旅をすみかとす、ですね」

そういって、柳田は口ひげをひねった。

そういう生き方——いや、死に方があるというのは、興味深かった。多聞もこのまま死ぬことになるのなら、未来永劫インターネットゲームに明け暮れたいなどと思ってしまう。

「でも、円了先生は火星なんかに行って、大丈夫なんですか？」

科学的な思考の伝道者とはいえ、江戸時代に生まれた人なのだ。二十五世紀などというとてつもない未来で、しかも地球を飛び出して、ジェネレーションギャップに悩まされていたら気の毒である。

「いやいや、二十五世紀の火星ではこっくりさんが流行して、社会問題になっているそうです。そこで、妖怪博士である井上円了が呼ばれたというわけですよ」

「呼ばれた……ってことは、生身の人扱い？」

「いやいや。彼自身も霊として呼ばれたわけで」

柳田は笑った。どうやら、火星政府の官僚が、住人たちの迷信深さを啓蒙するために、こっくりさんで円了を呼び出したらしいのだ。

「なんか……根本的にまちがっている気がしますけど……」

「まあ、これから四百年も先のことだから、科学とオカルトも、今とは別の形で融合していることだろうからね」

あまりにとりとめがなくて、ついてゆけない。多聞は話題を転じて、柳田自身のことを訊いた。

「わたしは真間手児奈《ままのてこな》と毒婦カルメンの相違点と類似点を検証するために、千葉まで行く途中なんです」

「う〜ん。ますます、わかんない」

「ときに、きみはおひとりですか？　あの美しい御婦人はいっしょではないのかな？」

「ジョカさんですか？　はい、いっしょに乗ったんですけど、どこかに行っちゃって――」

そういったとき、当のジョカが戻って来た。伸作を見つけたときみたいに、瓜子の腕を強引に引っ張っている。

瓜子は不満たらたら、しかしジョカの強引さから逃れようもなく、片手で車内販売のワゴンを引きながらこちらに来た。

「あら、柳田先生。お会い出来ると思ってましたわ」

「死神の占いは外れませんからね」

柳田がそういうと、ジョカは瓜子の腕を投げ出すように離し、五号車三のひとつだけ空いている席に座らせる。椅子に腰かけ、瓜子は挑むようにジョカを見上げた。しかし、ジョカは小娘のひとにらみなど恐れるような女ではない。

「冷凍ミカンちょうだい」

「千円になります」

「高いわね」

ジョカは文句をいいながらミカンを受け取ると、それを柳田、瓜子、多聞にも分けた。

「さて、お話会を始めます。多聞くん、天邪鬼のむかし話、知ってる?」

「あの――わたし、仕事あるんですけど」

「こっちも仕事なのよ。お客の仕事なんだから、付き合いなさい」

無茶苦茶なことをいう。

「で、多聞くん。『瓜子姫と天邪鬼』の二つの結末について、いいなさい」

「はい」

多聞はここに来るまでに受けたいろんなショックを無理にも呑み込んで、瓜子姫の話を思い出した。

「天邪鬼が、瓜子姫を殺して、皮を剝《は》いで瓜子姫に化ける。もう一つ別の話は、瓜子姫を閉じ込めて姫に化けるけど、見破られて懲《こ》らしめられる」

「そして、隠されてきた三つ目の話はね――」

ジョカは冷凍ミカンの皮を剝く。

「瓜子姫のところに天邪鬼が来たのは、姫が迂闊《うかつ》だったからでも、天邪鬼が殿さまのお城に入ろうと企《たくら》んだからでもない。むしろ、企んだのは、瓜子姫の方だった。そうよね、瓜子ちゃん」

瓜子は仏頂面をして黙っている。

ジョカは気にとめる風もなく、柳田に話を振った。

「先生、もう一つの『瓜子姫と天邪鬼』の物語を、ここで話していただけないかしら」

「今、ですか？」

柳田はきまり悪そうに瓜子の方を見たが、ジョカは強い視線でうながす。柳田は合切袋をしきりともぞもぞいじり、ようやく気持ちを決めたように顔を上げた。

「瓜子姫は天邪鬼の策略で、家に侵入されたのではないのです。村人と瓜子姫がグルになって天邪鬼を捕らえたのでした。天邪鬼は人知れず、屠《ほふ》られ、葬られました。しかし、村の皆はその祟りをおそれてお社《やしろ》をつくり、神として祀ったのです」

「それが、天邪鬼神社？　隠されたおとぎ話の中の神社が、異次元のどこかに存在しているっていうんですか？　ぼくが、そこに行ったと——」

すっかり驚いておろおろつぶやく多聞を、瓜子の鋭い声が遮った。

「仕方ないじゃないの——あいつは、村の子どもをかどわかして、人買いに売ったわ。嫁入り前の娘が何人も連れ去られて、手籠《てご》めにされたのよ。家畜を殺し、銭を盗んで家に火をつけて、それで何人も焼け死んだのよ。そんな悪党を放っておけるわけがない——」

「あなた方を責めているんじゃないわ、瓜子ちゃん。そう、あなたたちを苦しめた天邪鬼の正体を、明らかにしておきたかっただけなのよ」

「だったら——あたし、仕事にもどっていいですか」

「ええ、かまわないわよ」

ワゴンを押して去る瓜子姫の背中に、ジョカはわざとらしいくらい何気ない調子で声を掛けた。

「あなたは殺されたのでも、玉の輿に乗ったのでもないから、もう茶番は要らないわね」

「いいえ」

瓜子はワゴンを止めて振り返る。

「民話の結末は二つ。この二つだけが、語り継がれるんです。わたしは、お話の中で未来永劫、お殿さまにお嫁入りして、同時に殺され続ける。柳田先生のおっしゃった真相を隠すため、村を守るための人身御供だわ」

そういって、瓜子は去ってしまった。上り列車に出現した、人柱の怪物のことを思いだす。あの怪物と瓜子がさしてちがわない業《ごう》を背負っているという事実が、多聞には暗い衝撃だった。

「しっかりして。いちいちショックばかり受けてんじゃないわよ」

ジョカに発破をかけられた。

「あなたが行った天邪鬼神社のことがわかったでしょ」

「しかし、ジョカさん。天邪鬼神社は『瓜子姫と天邪鬼』の次元にある。多聞くんの居る現世とは切り離されているはずですよ」

「なんの。瓜子ちゃんだって、この列車で働いているじゃないの」

「でも、ジョカさん。ぼくが、ハイキングに行ったときは、寝台特急になんて乗ってませんよ」

「ふふん。天邪鬼に魅入られたあんたたちは、こういうことをしたのよね。——どこかの神社の末社に祀られている天邪鬼に、二舞山の天邪鬼神社に行きたいと願掛けをした」

「それだけ？」

それだけだとしても、多聞は神社の末社になんか行っていない。天邪鬼神社に行きたいなんて願掛けなどしていない。だれも天邪鬼神社のことなんか知らないし、行きたいなんて願うはずがない。

「おにいさんが祈ったんでしょうよ」

「にいさんが、どうして？」

「その時点ですでに、天邪鬼に魅入られていたのね。天邪鬼は篠原一宇が事故死することを知っていて、それを餌にしておにいさんを末社に呼び寄せたのよ。夢枕に立つ、暗示をかける。末社に呼ぶ方法なら、いくらでもあるわ」

そのとき、ジョカのスマホにメールが着信した。アズサからだった。

「昨日、頼んでおいたの。神保町《じんぼうちょう》で地図を探してくれって」

添付されていたのは、二舞山と天邪鬼神社の地図だった。

「ふむ。これは、参詣曼荼羅《さんけいまんだら》ね。むかし、神社やお寺をお参りする人のための、イラストマップよ」

それはデフォルメされた景色と、山腹にある神社、行きかう人たちや祠が賑やかに描かれていた。古色蒼然としているが、確かにイラストマップに似ている。

「天邪鬼は、アマノジャクであることに対して、アマノジャクなのですよ。すなわち、あの神はどんな願いをも真正直にかなえるんです」

柳田が、多聞を見て同情するようにいった。こんな有名な人に同情されちゃうのかと、多聞は良からぬ太鼓判を押されたような気持ちになる。

一方、ジョカのいい方は遠慮会釈もない。

「しかも、願いのかなえ方まで、とってもアマノジャクなのよね。願い事はかなうけど、必ず皮肉な結果になるの。この世には、安易にお参りしちゃいけない神さまってのも、あるのよ。その神さまに、あんたたち兄弟は同じことをお願いしちゃったわけよね。あちゃーって感じ」

金井実紗と結婚できますように。

多聞はそう願い、実紗と暮らし始めた。

しかし、二人の恋愛はうまくゆかなかった。

実紗は、一宇と多聞の兄弟を、二股かけていた。そして、一宇の子どもを妊娠した。

一宇は死神の手を借りて――天邪鬼が死神の伸作をそそのかして、事故死する――死ぬ運命を多聞に押し付けようとした。

「ぼくが諦めたら、にいさんと実紗が幸せになれるんだから、その方がいいです。ぼくが死んだ方がいいんです。伸作さんは、何もまちがっていなかったんだ」

「だからー」

ジョカは、苛々という。

「これはあんたの気持ちとか、兄弟愛で片付く問題じゃないのよ」

一宇が企てたのは、運命をゆがめるということだ。

運命のゆがみは、実紗の発病という形で顕在化した。このまま放置すれば、実紗は病死する。死ぬべき一字の運命が、実紗にまで迫ってきているのだ。

「そんな──」

多聞は言葉を失った。

「死神としていわせてもらいます」

ジョカは手を鉤爪《かぎづめ》のようにして、猛禽《もうきん》みたいに多聞のひざをとらえた。

「あんたがこのまま死んでもね、実紗さんも子ども共々死んでしまい、あんたのにいさんは結局のところ自殺してしまう。あんたを身代わりにして生き延びても、結局は亡くなることになるのよ」

「むごい話ですね」

柳田が暗い声でいった。

「そうよ。だからこそ、天邪鬼と決着をつけなくてはいけないのよ」

列車は長いトンネルに入った。

5

列車は二舞駅で停車した。

寝台特急ひとだまは、廃駅伝いに停車する。二舞駅は小さな木造駅舎で、人里離れた山の中にあった。元より無人駅だったみたいだが、周囲には人家も見当たらない。それどころか、畑や田んぼすらない。

駅を出るとすぐに、山道だった。

クルマのわだちでできたでこぼこ道を、黙々と歩いた。霊魂だけの身でありながら、のどが渇いた。セミが、また鳴いていた。道はどこまでも続き、空は迫りくるほど青かった。雲が、案外と早く東に流れて行く。

（暑い……）

背中を汗が伝った。

ジョカは、相変わらずハイヒールをはいた足で、こともなげに歩いている。ときたま、見失うほど、その足は速かった。

日差しが、頭のてっぺんに照り付ける。雲を見ていると、歩くより早い速度で体が後ろに遠ざかってゆくような錯覚にとらわれた。距離と時間の感覚がなくなる。自分がどうしてこんな山道を歩いているのか、それすらも忘れそうになる。

そんな中、思いもしなかったアクシデントが起きた。ジョカとはぐれたのだ。慌てて走り出した。名を呼んでも、返事は返ってこない。

やみくもに走り続けて息が切れ、へたり込んだその場所がアスファルト敷の駐車場になっていた。

「うそ……？」

多聞はいつから、こんな風景の中を歩いていたのだろう。

目の前に広がるのは、山の景色ではなかった。

倒産したまま広い敷地に何年も廃墟の姿をさらしている老舗の家具店、カウンターだけの小さな喫茶店、不動産屋、一年前にオープンした焼き肉屋、公営の地下駐車場への入り口、中央分離帯に植えられた柳の木の列、噴水と時計になっている石のオブジェ——。

人が行きかっていた。信号が点滅し、クルマが停まっていた。多聞は宝船市の繁華街の東のはずれに居たのである。

改めて、周囲を見渡した。

しかし、ジョカの姿はどこにもない。

（戻って来た——でも、なんで？）

ジョカに連れられて戻ったときは、変なキーホルダーに憑依させられていた。なのに、今度は自分の姿のままで戻れたのは、どうしたわけか。

（ひょっとして、あの寝台車が関係しているのかな）

確かに、寝台特急ひとだまで東京に行ったときは、多聞のままで動き回ることができた。

ひとだまで降り立ったときにだけ、人の姿で存在できるのかもしれない。ただし、東京に居たときも、多聞は霊魂のままだった。霊感のない人には、多聞の姿は見えなかったのだ。

――あんたは帰っても、幽霊のままだよ。まさか、自力で抜けた体にまた戻れるとでも、思っているのかね？

前に四方村長から、そんなことをいわれた。

いったいどうしたら、だれに助けてもらったら、元の自分に戻れるのか？

ジョカ――それとも？

それなのに、ジョカとはぐれてしまった。もう蘇利古村にもどる手立てもわからない。

（これからどうしたらいいんだろう）

生まれ育った街に帰って来られたというのに、耐えがたい孤独が胸に迫った。霊魂のまま戻って来たところで、身の置き場もないのだ。自殺未遂で死にかけた体が、あるばかりだ。そいつが死んでしまったら、多聞は今度こそ本当の幽霊になってしまう。

たたずむ多聞の尻ポケットの中で、何かが震えた。

「うひゃ」

声を上げて手を触れてみると、スマホだった。多聞はあたふたした後で耳に当てた。

覚えのある声がした。実紗だった。

「多聞くん、今、どこに居るの？」

「え？　え？」

蘇利古村、と答えそうになって、慌てて言葉を呑み込んだ。

「宝船市の――」

「何いってんのよ」

実紗はいらいらして急かす。確かに、宝船市民が、所在地を訊かれて「宝船市の」なんていうのは、いかにもウザッたらしい。

「桜通《さくらどおり》と駅前通がぶつかる角。そこの月極《つきぎめ》駐車場」

「なんで、そんなところに居るの？」

訊いてから、実紗は「それはいいから、今から行く、待ってて」

「どうしたの？」

「一宇さんが——おにいさんが交通事故に遭って、昏睡状態なのよ」

そういって初めて、実紗の声が涙でくぐもった。

＊

実紗が来るまで十分ほどかかった。

時間の経過は、ほとんど感じなかった。いろいろと考えるべきなのに、頭がからっぽになっていた。よく晴れているので、陽光が脳天に降り注ぎ、つむじが熱くなった。蘇利古村でのこと、寝台特急ひとだまでのこと、東京でジョカを探したこと、蘇利古村に帰ってからのこと。あれほど必死だったのに、みるみる現実味を失ってゆく。それは強烈な寂寥感と心細さをともなっていた。

どうしてにいさんが事故になんか遭うんだ。

死ぬはずなのは、にいさんではない。ぼくなのに。

ジョカさん、ジョカさん、助けてください！

祈る多聞の目の前に、クルマが入って来てドアが開いた。シルバーの１３００ccのハッチバック。兄のクルマだ。驚いて何の気構えもできていない多聞の前に、運転席を開けて出て来たのは実紗だった。

「すぐに来て！」

「う――うん」

命じられるままに、助手席に回り込んだ。

実紗はかなり取り乱しているようで、このまま運転させていいものか危ぶんだ。しかし、多聞は免許証を持って来ていないから、運転を代わることができない。

「兄貴が事故に遭ったって本当？」

「そういったでしょ」

実紗はいらいらと答える。

「それ――、ぼくのまちがいじゃないの？　ぼくは、生きてるの？」

「何いってるのよ」

「ご――ごめん」

実紗が、はなをすすりあげた。泣いているのだ。彼女は本当のことをいっている。そう思って、シートベルトを回した実紗のおなかを見た。まだ少しもふくらんでいなかったけれど、そこには一字の子どもが居る――？

「赤ちゃん、大丈夫？」

「え？」

実紗がぎょっとしたようにこちらを見るので、多聞はあわてて「前見て！　前！」と注意する。

「ご——めん。知ってたんだ」

「うん。なんかね——。兄貴の子だよね」

「ごめんなさい」

「謝らなくて、いいよ」

それきり会話が続かなかった。

不自然な沈黙が続き、交差点ではかならず信号が赤になった。実紗がしきりにはなをするので、コンソールボックスからポケットティッシュを出して渡した。

何時間も何時間も、気まずい車内に居たような気がしたけど、時計の針は十五分しか進まなかった。実紗は中央病院の立体駐車場へそろそろとクルマを進め、苦心して空きスペースを見つけた。

「お医者さんには、回復の見込みはうすいといわれて——」

クルマを降りた実紗は、緊張を一つクリアしたせいで、多聞にすがって泣きだした。

実紗の肩を抱えながら、入院用の入り口から病院に入った。集中治療室に続くエレベーターの前に立ち尽くし、多聞は今さらながらに、何を感じるべきかもわからずにいた。

かえすがえすも、回復の見込みがうすいのは、兄ではなく多聞自身のはずだった。

いや、こちらの方が現実なのか？

いま、こうしている多聞は生身の人間ではないはずなのだ。生霊のはずだ。

だけど、実紗をちゃんと抱えられている。

集中治療室の前で看護師をつかまえて、面会ができるかと訊いた。

「篠原一宇さん、もうこちらには居ませんよ」

その言葉が、弾丸みたいに胸を貫《つらぬ》いた。

死んだ――ということか。

実紗は耐えきれなくて、泣き声をもらす。

年配の看護師は眉間にキッとしわを寄せて、苛立ったような声を出した。

「さきほど、病棟に移りました。七階の外科病棟です」

「ああ」とか「はい」とか、多聞たちは自分たちこそ死んでしまいそうな声を上げて、病棟に続く廊下を歩いた。痩せて意識のない老人が、ストレッチャーに乗せられて運ばれるのとすれちがった。病人との面会を行楽と勘ちがいした五、六歳の子どもが、疲れた顔の母親の周りで跳ねあがって遊んでいるのを見た。エレベーターには、ファイルをどっさり抱えた病院のスタッフといっしょに乗り込んだ。多聞たちはまだ、お互いに言葉を交わせずにいた。それでも、多聞は実紗の肩を抱いている。

ナースステーションで部屋番号を教えられた病室は、重篤《じゅうとく》な患者を容《い》れるための個室だった。そこに、多聞が見たことのない兄が居た。酸素マスクを付けられ、点滴とかベッドサイドモニターとか、いろんな管につながれている。そんな一字は、人形のように意識がないのだ。

機械は小鳥の鳴くような音で定期的なリズムを刻み、モニターには一字が生きていることを示す数値と波形が表示されていた。これだけが、兄がまだ生きていることを示していた。

悲しみが雪崩《なだれ》のように胸を満たした。

一字に裏切られていたことなど、もうどうでもよかった。

実紗は一脚だけある椅子に腰かけ、点滴の針が刺さった手に触れた。

立ち尽くす多聞から、言葉が口をついて出た。

子どものころ……。

「子どものころ、にいさんが肺炎になって入院したろう。おかあさんが付き添いでにいさんのそばに居たから、おばあちゃんがご飯を作りに来てくれた。ぼく、おかあさんの作ったものじゃなきゃ、食べられなかったんだよね。でも、せっかく来てくれたのに悪いから、一生懸命食べた。

夜になると寂しくてね、おとうさんが寝る前にお話をしてくれるんだけど、おとうさんは昔話なんて全く知らないんだ。それで、太陽系のこととか、植物の光合成のこととか話すんだよね。ぼく、面白くなっちゃって、ますます眠れなくなっちゃった。

でも、ぼく、おかあさんに会いたくて、我慢が出来なくて、にいさんのことを少し恨んだんだよ。それで、家を抜け出して一人で病院にまで行ったんだ。どうしておとうさんに黙って行ってしまったのか、今は覚えていない。

病院で、にいさんはおかあさんに甘えていた。ぼくはにいさんのことが憎たらしくなって、競争しておかあさんに甘えたんだけど、それって気付いてた？

家に帰ったら、叱られたっけ。どうして黙って行ったんだって、おとうさんがすごく怒ってさ――」

しゃべっているうちに、涙が出てきた。

下瞼《したまぶた》にたまった涙が、重さに耐えきれずに落ちたとき、一宇が目を開けた。

多聞は驚いて声を上げようとしたのに、身じろぎ一つできなかった。

実紗はいつの間にか、ベッドに突っ伏している。眠ってしまったのか。多聞はいらいらと声を掛けようとするのに、のどは体と同様にこわばったままなのだ。

「ああ、多聞、来ていたのか」

一宇は自分の手で酸素マスクを外して、多聞を見上げる。

「中央一丁目の交差点、前から危ないと思っていたんだ。なのに、昨日だけは気が抜けていたんだよな。おれを轢《ひ》いたヤツ、笑ってたんだぜ。スマホで何かしゃべりながら、笑っていた。信号はこっちが青だったから、まったくの災難さ――」

「…………」

多聞は声が出ないまま、目玉だけをなんとか動かして一宇を見ている。

耳が異様な音を捕らえた。

開け放したまま固定されているドアの方から聞こえていた、看護師が行きかう音、患者同士のおしゃべりは、ふうっと途絶えて無音になった。そのかわりに、濡れたような足音が、確かにこちらへと近づいて来るのだ。

ぺたり、ぺたり、ぺたり……。

多聞は懸命に目を動かして、振り返ろうとした。

彼の視界に居たのは、異形のものだった。

背が低く、赤銅色の裸体に腰蓑《こしみの》だけを着けて、幅広の足ははだしである。髪の毛はパンクヘアみたいに八方に立っている。頭の真ん中に、皮膚と同じ色の円錐《えんすい》の突起――ツノが生えていた。

「遊ぼうぜえ、兄貴よう」

「天邪鬼」

一宇はそいつの名を呼んだ。

多聞は目を見張る。瓜子姫と村人に謀殺され、祟りを恐れられて神にされた天邪鬼。その正体は――邪鬼。

「へっへえ」

天邪鬼はベッドのそばまで来ると、細かい歯の生えた口をにやりと開いた。

一宇は無念そうな目で、そいつを見上げている。

「おまえが死ぬことになっているのは、今日だよ。可哀想になあ、赤ん坊が産まれるのになあ」

「…………」

「赤ん坊の名前、決めたらしいじゃねえか。ゆーうーまちゃん。まだ間に合うぜ、兄貴よう。おれを味方にしたら、ゆーうーまちゃんのことだって、守ってやるぜ」

天邪鬼は嬉しそうに自分の手をこすりあわせた。長い舌で、ぺろりと自分の顔をなめる。その様子は、テレビで観る爬虫類のようだった。

「弟の命、おれがもらっていいよなあ。弟をくれたら、おまえを助けてやるぜ。なあ、悪い取引じゃねえだろう」

「…………」

一宇は黙っている。

多聞は声が出ない。

「おまえを助けるし、おまえのガキが死ぬ運命になったりしたら、ほかのガキと運命を交換してやるよ。百歳までだって生かしてやる。かみさんの病気だって、ちょちょいのちょいで治してやる。だからなあ、遊ぼうぜ。おまえの弟を死なしちゃおうぜ。こいつは、どうせ、自殺するようなやつなんだからさあ」

天邪鬼は一宇に抱き着き、身をくねらせて高笑いをした。

「…………」

一宇は悲しそうな目で多聞を見る。

声の出ない多聞は、懸命に念じていた。

にいさん、そうしちゃいなよ。

にいさんが、大学に行くのをあきらめて、一所懸命にぼくを育てたっていうのに、ぼくはあっさり自殺の真似なんかするようなヤツなんだ。にいさんに助けられる価値のない弟なんだ。

実紗だって、ぼくなんかといるより、にいさんと居た方が幸せだった。だから、にいさんを選んだんだ。

第一、二人には子どもが居るんだろう。その子に対して責任があるよ。

「多聞、申し訳ない」

一字が、こちらを見る。

そうだ。申し訳ないといって、ぼくを捨てろ。

「実紗と悠馬《ゆうま》を頼む」

一字が、怖い目をして天邪鬼を睨《にら》んだ。

「弟は——おれの大事な弟だ。おれは、おまえとは遊ばない」

「ばっかだなあ。もういっぺん考えろ。弟は要らないっていえ。そしたら、おまえは助かるんだよ。生まれて来る子どもの顔が、見られるんだよ」

「おまえとは、もう絶対に遊ばない」

「ばっか野郎！　だったら、お望み通りにくたばるがいいさ」

天邪鬼の声は、遠雷のように響いた。いや、それは本物の遠雷だった。

雷は雨を呼び、時間は昨日へとさかのぼる。

中央一丁目の交差点で、ドライバーはスマホを使っていた。ずいぶんと楽しい話をしていたらしく、顔がにこにこと笑っている。

彼は、けぶる雨の中に歩行者を見つけた。赤信号を見落としたことに気付いた。

ブレーキを踏んだけれど、遅かった。

雨のせいで、それはほとんど無力だった。

その瞬間が、多聞の目にも見えた。

一瞬だった。

もはや、天邪鬼の姿は消えている。

代わりに、ジョカが病室に入って来た。伸作を連れていた。ジョカは相変わらず華やかで、伸作はまだおどおどしている。二人とも、多聞を見ると目で挨拶をよこした。

ジョカは一宇に向き直ってから、伸作の背中を「ドンッ」と押した。

「こんにちは。ぼくは東海林《しょうじ》伸作と申します。あなたの担当死神です」

「あ、どうも」

一字は、緊張した顔色で答えると、ベッドから起き上がった。点滴の針も、ベッドサイドモニターの線も、いつの間にか外れている。

ジョカはまだ動けずにいる多聞と、一字の顔を見比べて、にんまりした。

「似ているわ」

そういう間にも、一字はベッドから離れて、伸作といっしょに病室のドアへと向かっている。

「ちょっと遠いんすけど、東浦島駅《ひがしうらしま》まで歩きますから」

「東浦島駅って、廃駅じゃ……？」

「ええ。そこに、異次元鉄道が停まるんす。寝台特急ひとだまっていうんすけどね」

「ひとだま？　それってマジですか？」

一字は笑って出て行った。

「普段ならバスなんすよ。でも、今回はちょっとトラブルがあったので、特別待遇で列車に乗っていただくっちゅーことで——」

ジョカが顔の横で手をひらひらさせてから、二人の後を追った。

その姿が消えた後で視線を落とすと、ベッドには一宇が横たわっていた。酸素マスクをつけられ、点滴とベッドサイドモニターにつながれている。小鳥のようにリズムをきざんでいたモニターは、今は同じ音を長く伸ばしていた。一宇が生きていることを告げていたモニターの数値はゼロにかわり、波形は直線となる。

多聞は「わあ」と声を出して泣いた。

その声に驚かされて実紗が目を覚ます。

二人の目の前で、篠原一宇は亡くなっていた。

それを知った瞬間、多聞は自宅アパートにもどった。

効かない薬を飲んで突っ伏していた彼は、電話の鳴る音で目が覚めた。

――あたし、夢を見ていたの。あなたがここに居る夢を。

電話から、実紗の声が聞こえる。

「今、どこ？」

――病院。あなたは？

「あ……、あの……アパート」

――そっか、やっぱりあたし、夢を見てたんだね。

同じ夢を多聞も見ていた。ただし、それは夢ではなかったのだが。

――あなたのおにいさんが、たった今、亡くなったわ。なんと答えたらいいのだろう。知っているよ。これから行くから。気をしっかりもって。

しかし、どの言葉ものどに詰まったきりで、口から出てこない。多聞はかわりに、「わあ、わあ」と泣いた。つい今しがた、生命の印が消えたベッドサイドモニターの画面を見たときのように、多聞は泣いた。

＊

身の内に一宇の子どもと病気を抱えた実紗が、この世に一人で取り残された。昏睡から覚めた多聞が実紗と結婚したのは、兄の死の翌年である。実紗の病気は治り、子どもは多聞の養子となった。

＊

菜の花が咲く高台から、列車が見える。ブルートレインの期間限定復活イベントだ。

鉄道ファンたちが、大仰なカメラを並べて、ここぞとばかりにシャッターボタンを押していた。

「…………」

多聞は寝台特急ひとだまのことを思い出している。車内販売の売り子の瓜子、車掌、円了と柳田、そしてほかの乗客たち。列車を見送ってくれた、蘇利古村の世話好きな死神たち。

「パパーどこー？」

実紗の声がする。

多聞の視線は飛んで、土手の道を歩いて来る若い母親と幼い息子へと移った。実紗と、今月になって歩き始めた可愛い悠馬が、多聞を呼んでいた。

「おおい、おおい、ここだよ」

多聞は大切な二人に手を振った。

「ほら、悠馬。パパ、居たねー」

親子は笑顔で結ばれた。

小さな手を振りながら、悠馬は懸命に多聞の方に歩いて来る。愛情と信頼と、ほかにもたくさんの素晴らしい気持ちだけを持って、彼は父親の多聞のところに歩いて来る。

＊

新しい職場は中高年向けのパソコン教室の講師である。

これが、さまざまなお客が来て実に面白い。今日の受講者の中にも、ユニークな人が居た。仕事をリタイアして十年も経つという白髪の男性である。マウスを持ち上げて、懸命にクリックしては、画面が変わらないと首をかしげている。テレビのリモコンと混同しているようなのだ。

多聞はいいたい言葉を全部呑み込んで、にっこり笑ってアドバイスする。マウスは机に置いた状態で使いましょう。

講習会は出張が基本パターンで、今日は宝船市の多目的施設であるミンナーランドに来ていた。教室が終わってトイレに入ると、さっきマウスを持ち上げていたおじいさんといっしょになった。マウスの使い方で面目をつぶしたおじいさんは、手洗い場で自分の現役時代の活躍をひとしきり語った。

「これでもねえ、億の金を動かしていたんだよ、わたしは」

「へえ、すごいですね。ぼくなんか、百万円も見たことないです」

「百万円なんか、これっぽっちだ」

しわの刻まれた親指と人差し指で一センチほどのすきまを作って見せ、ようやく矜《きよう》持《じ》を取り戻したのか、おじいさんは意気揚々とトイレを後にする。

多聞は「やれやれ」と笑いながら、目の前の鏡を見た。

「え？」

まるで心霊現象みたいに、居るはずのない人が、背後に立っていた。

ジョカだ。

胸の上がハート型に開いた真紅のブラウスに、細長い脚のラインが映える白いパンツ、同じ白のハイヒールをはいていた。長い髪の毛は、芸能人並みに完璧に巻いている。男性トイレにはあるまじき美女だ。

「ちょっと、聞いてよ、多聞くん」

ジョカは鏡越しにいった。ひどく自慢げである。

「あたしを殺そうとした長瀬輝明《てるあき》から、一億円の示談金をぶん獲ってやったわ。相場の十倍ってところかしら。ジョカさんの手にかかれば、ざっとこんなものよ」

「ジョカさん、男性トイレに入って来たらダメっすよ」

多聞は笑って振り返ったが、ジョカは居なかった。多聞はあっけにとられ、それからうつむいて少し笑い、「ダメっすよ」ともう一度つぶやいた。

本書は書下ろしです。

|著者| 堀川アサコ　1964年青森県生まれ。2006年『闇鏡』で第18回日本ファンタジーノベル大賞優秀賞を受賞してデビュー。『幻想郵便局』、『幻想映画館』(『幻想電氣館』を改題)、『幻想日記店』(『日記堂ファンタジー』を大幅改稿の上、改題)、『幻想探偵社』、『幻想温泉郷』、『幻想短編集』、本書の「幻想シリーズ」、『大奥の座敷童子』、『おちゃっぴい大江戸八百八』、『芳一』、『月夜彦』(以上、講談社文庫)で人気を博す。他の著書に「たましくるシリーズ」(新潮文庫)、「予言村シリーズ」(文春文庫)、「竜宮電車シリーズ」(徳間文庫)、『おせっかい屋のお鈴さん』(角川文庫)、『小さいおじさん』(新潮文庫nex)、『オリンピックがやってきた 1964年北国の家族の物語』(KADOKAWA)など多数。

幻想寝台車《げんそうしんだいしゃ》

堀川《ほりかわ》アサコ

© Asako Horikawa 2019

講談社文庫

定価はカバーに
表示してあります

2019年4月16日第1刷発行

発行者——渡瀬昌彦
発行所——株式会社　講談社
東京都文京区音羽2-12-21　〒112-8001
電話　出版 (03) 5395-3510
　　　販売 (03) 5395-5817
　　　業務 (03) 5395-3615

Printed in Japan

デザイン—菊地信義
本文データ制作—講談社デジタル製作
印刷———株式会社新藤慶昌堂
製本———株式会社国宝社

落丁本・乱丁本は購入書店名を明記のうえ、小社業務あてにお送りください。送料は小社負担にてお取替えします。なお、この本の内容についてのお問い合わせは講談社文庫あてにお願いいたします。

本書のコピー、スキャン、デジタル化等の無断複製は著作権法上での例外を除き禁じられています。本書を代行業者等の第三者に依頼してスキャンやデジタル化することはたとえ個人や家庭内の利用でも著作権法違反です。

ISBN978-4-06-514247-9

講談社文庫刊行の辞

二十一世紀の到来を目睫に望みながら、われわれはいま、人類史上かつて例を見ない巨大な転換期をむかえようとしている。

世界も、日本も、激動の予兆に対する期待とおののきを内に蔵して、未知の時代に歩み入ろうとしている。このときにあたり、創業の人野間清治の「ナショナル・エデュケイター」への志を現代に甦らせようと意図して、われわれはここに古今の文芸作品はいうまでもなく、ひろく人文・社会・自然の諸科学から東西の名著を網羅する、新しい綜合文庫の発刊を決意した。

激動の転換期はまた断絶の時代である。われわれは戦後二十五年間の出版文化のありかたへの深い反省をこめて、この断絶の時代にあえて人間的な持続を求めようとする。いたずらに浮薄な商業主義のあだ花を追い求めることなく、長期にわたって良書に生命をあたえようとつとめるところにしか、今後の出版文化の真の繁栄はあり得ないと信じるからである。

同時にわれわれはこの綜合文庫の刊行を通じて、人文・社会・自然の諸科学が、結局人間の学にほかならないことを立証しようと願っている。かつて知識とは、「汝自身を知る」ことにつきていた。現代社会の瑣末な情報の氾濫のなかから、力強い知識の源泉を掘り起し、技術文明のただなかに、生きた人間の姿を復活させること。それこそわれわれの切なる希求である。

われわれは権威に盲従せず、俗流に媚びることなく、渾然一体となって日本の「草の根」をかたちづくる若く新しい世代の人々に、心をこめてこの新しい綜合文庫をおくり届けたい。それは知識の泉であるとともに感受性のふるさとであり、もっとも有機的に組織され、社会に開かれた万人のための大学をめざしている。大方の支援と協力を衷心より切望してやまない。

一九七一年七月

野間省一

講談社文庫 最新刊

伊坂幸太郎
サブマリン
家裁調査官は今日も加害少年のもとへ。あの陣内たちが活躍する「罪と魂の救済」のお話。

青柳碧人
浜村渚の計算ノート　9さつめ
〈恋人たちの必勝法《マーチンゲール》〉
人質を救うためにルーレットゲームで必ず勝つには？　数学少女・浜村渚の意外な答えとは！

堂場瞬一
虹のふもと
独立リーグで投げ続ける投手の川井《かわい》。彼が現役にこだわる理由とは？　野球小説の金字塔。

澤村伊智
恐怖小説キリカ
デビュー作刊行、嫉妬と憎悪の舞台裏。恐怖がまた来る。ああ、最愛の妻までも……。

柴崎竜人
三軒茶屋星座館　3
〈春のカリスト〉
路地裏のプラネタリウムに別れと出会いが訪れる。「神話と家族の物語」シリーズ佳境！

堀川アサコ
幻想寝台車
廃駅を使って走る、幻の寝台特急。あの世とこの世の、心残りをつなぎながら。〈文庫書下ろし〉

五木寛之
五木寛之の金沢さんぽ
北陸新幹線開業以来、金沢はいまも大人気。その古き良き街をエッセイで巡る極上の金沢案内！

石田衣良
逆《さか》島《しま》断《たつ》雄《お》
〈本土最終防衛決戦編1〉
皇国最大の危機。決戦兵器「須佐乃男《すさのお》」の操縦者を決めるべく、断雄らは特殊訓練に投入された！

リー・チャイルド
青木　創　訳
ミッドナイト・ライン　(上)(下)
母校の卒業リングを巡る旅は意外な暗部に辿り着く。全米1位に輝いたシリーズ最新作。

講談社文庫 最新刊

山本周五郎
逃亡記 時代ミステリ傑作選
なぜ男は殺されたのか？ 市井《しせい》の人の息づかい、生き様を活写した江戸ミステリ名作6篇。

秋川滝美
幸《こう》腹《ふく》な百貨店
〈デパ地下おにぎり騒動〉
呑んで、笑って、明日を語ろう。『居酒屋ぼったくり』著者の極上お仕事&グルメ小説！

決戦！シリーズ
決戦！桶狭間
大好評「決戦！」シリーズの文庫化第5弾。乾坤一擲《けんこんいってき》の奇襲は本当に奇跡だったのか！

酒井順子
朝からスキャンダル
アイドルの危機、不倫、フジTVの落日etc. 平成日本を見つめ続ける殿堂入りエッセイ14弾。

片川優子
ただいまラボ
動物たちの生命と向き合う獣医学科学生の日々をリアルに描いた、爽快な理系青春小説。

日本推理作家協会編
ベスト8ミステリーズ2015
日本推理作家協会賞を受賞した2作をはじめ、選《え》りすぐりの8編を収録したベスト短編集！

本格ミステリ作家クラブ・編
ベスト本格ミステリ TOP5
〈短編傑作選003〉
天野暁月・青崎有吾・西澤保彦・似鳥鶏・葉真中顕。旬の才能を紹介する見本市。魅惑の謎解き！

ティモシイ・ザーン
富永和子 訳
スター・ウォーズ 帝国の後継者(上)(下)
新三部作の製作に影響した、ルーク、レイア、ハン、三人のその後を描いた外伝小説！

ローレンス・カスダン
ジョナサン・カスダン 原作
ムア・ラファティ 著
稲村広香 訳
ハン・ソロ スター・ウォーズ・ストーリー
無法者から冒険者へ！ ハン・ソロの若き日の冒険譚。知られざるシーン満載のノベライズ版！

講談社文芸文庫

多和田葉子
雲をつかむ話／ボルドーの義兄
解説＝岩川ありさ　年譜＝谷口幸代
読売文学賞・芸術選奨文科大臣賞受賞の「雲をつかむ話」。ドイツ語で発表した後、日本語に転じた「ボルドーの義兄」。世界的な読者を持つ日本人作家の魅惑の二篇。
978-4-06-515395-6
たＡＣ5

吉本隆明
追悼私記　完全版
解説＝高橋源一郎
肉親、恩師、旧友、論敵、時代を彩った著名人――多様な死者に手向けられた言葉の数々は掌篇の人間論である。死との際会がもたらした痛切な実感が滲む五十一篇。
978-4-06-515363-5
よＢ9

2019年3月15日現在